Allitera Verlag

I0547246

L udwig Albert Ganghofer, 1855 als Sohn eines Forstbeamten in Kaufbeuren geboren, promovierte in Philologie und war als Dramaturg am Ringtheater in Wien und Feuilletonredakteur beim »Neuen Wiener Tagblatt« tätig. Ab 1895 lebte er als freier Schriftsteller abwechselnd in München und am Tegernsee. Ganghofer gehörte zu den erfolgreichsten Volksschriftstellern seiner Zeit. Zu seinen bekanntesten Romanen zählen *Der Jäger von Fall* (1883, Neuausgabe *edition monacensia* 2003), *Schloß Hubertus* (1895) und *Der Ochsenkrieg* (1914). Mit Ludwig Thoma verband ihn eine innige Freundschaft. Ludwig Ganghofer starb 1920 in Tegernsee.

edition monacensia
Herausgeber: Monacensia
Literaturarchiv und Bibliothek
Dr. Elisabeth Tworek

Die *edition monacensia* präsentiert ausgewählte Werke renommier-
ter Münchner Autorinnen und Autoren des 19. und 20. Jahrhunderts,
deren literarische Arbeiten von der Monacensia – Literaturarchiv
und Bibliothek betreut werden. Neben Neuausgaben vielgesuchter
Bücher erscheinen Ersteditionen aus den Beständen der Monacensia,
die von kompetenten Herausgebern eingeleitet werden.

Ludwig Ganghofer

Der Herrgottschnitzer von Ammergau

Erzählung

Mit einem Nachwort von Gerd Holzheimer

Münchner Stadtbibliothek®
*M*onacensia
Literaturarchiv und Bibliothek

Allitera Verlag

In der *edition monacensia* ist auch Ludwig Ganghofers Roman
Der Jäger von Fall (ISBN 3-86520-023-0) erschienen.

Weitere Informationen über den Verlag und sein Programm unter:
www.allitera.de

Bibliographische Information der Deutschen Bibliothek

Die Deutsche Bibliothek verzeichnet diese Publikation in der Deutschen
Nationalbibliographie; detaillierte bibliographische Daten sind
im Internet über <http://dnb.ddb.de> abrufbar.

2. Auflage
Juli 2015
Allitera Verlag
Ein Books on Demand-Verlag der Buch&media GmbH, München
© 2004 für diese Ausgabe: Landeshauptstadt München/Kulturreferat
Münchner Stadtbibliothek
Monacensia Literaturarchiv und Bibliothek
Leitung: Dr. Elisabeth Tworek
und Buch&media GmbH, München
Umschlaggestaltung: Kay Fretwurst
Herstellung: Books on Demand GmbH, Norderstedt
Printed in Germany · ISBN 978-3-86520-048-8

1

Die Wiesen, die den Ammerfluß auf beiden Ufern geleiten, waren kurz geweidet, und ihre Farbe spielte schon ein wenig in jenes müde Gelbgrün, das für die ganze sprossende Natur der erste Vorbote des nahenden Absterbens ist.

Still und unbelebt lagen die Wiesen unter einem unfreundlichen Himmel. Nur vereinzelte Emmerlinge sah man von Zeit zu Zeit aus den Büschen aufflattern, die da und dort den Weg der Ammer bezeichnen oder den Lauf der Landstraße, die sich von Kohlgrub her in das Oberammertal hereinzieht.

An Stellen, wo sich die Ammer mit einer seichten Ausbuchtung bis an die Straße heranbiegt, sah man wohl auch eine Bachstelze über die braunen, nassen, kaum aus dem Wasser ragenden Steine hüpfen.

Folgte der Bach in geräumigem Bett träge seinem Lauf, so ließ er ein recht schwermütiges Bild gewahren; hatte er doch nichts anderes zu spiegeln, als den kurzgrasigen Uferrasen und darüber die schweren Wolken, die den Himmel verhüllten. Darunter hin zogen, von einem schwachen Windhauch getrieben, die leichten, grauen Nebel, die sich aus dem das Tal zur linken Seite begleitenden Höhenzuge des Steckenberges mit tausendfältigen Formen emporhoben und in steter Verwandlung schräg über das Tal hinweghuschten, um sich in die schwarzen Tannenwipfel und zwischen die plumpen Kuppen des Aufackers zu verlieren, der mit seiner Zinne tief in Dunst und Wolken steckte. Das gleiche Schicksal teilten auch die anderen, das Tal umringenden Bergspitzen; nur die jäh emporsteigende Kobelwand hatte mit ihren groben, eckigen Konturen den Nebelschleier zerrissen und blickte finster auf das zu ihren Füßen liegende Ammergau herab, während sich das auf ihrer höchsten Spitze aus Baumstämmen errichtete Kreuz in zwei scharfen, schwarzen Strichen vom grauen Himmel abhob.

Mitten in diesem lichtarmen Bilde lag das freundliche Dorf mit seinen weißen, appetitlichen Häusern und seinem stolz aufragenden Kirchturm. Es lächelte dem Beschauer so herzlich entgegen, als wollt' es durch seinen lieben Anblick den verstimmten Wanderer mit der grauen, düsteren Miene der Landschaft wieder versöhnen.

Gleich unter den ersten Häusern, an denen man vorüberwandelt, wenn man von Kohlgrub herkommend die Ammer auf der alten hölzernen Brücke überschritt, stand auch das kleine Haus, in dem diese Geschichte beginnt. Es war ein einstöckiges Haus von halb städtischer Bauart, mit der sich die dem Stil der Gebirgshäuser entnommene Galerie vor dem Dachgeschoß einer jeden Giebelseite und der geschnitzte Zierat auf den Firsten zu einem angenehmen Ganzen vereinigte. Zwei alte Birnbäume streckten ihre knorrigen Äste schützend über das braune Dach, und ein kleiner, sorgsam gepflegter, von einem grüngestrichenen Staketenzaun eingehegter Blumen- und Gemüsegarten umzog die sauberen, weißen Wände.

Zwischen den Fenstern, zu beiden Seiten der Türe und über der Türe selbst zeigten sich farbenbunte Abbildungen aus der Leidensgeschichte Christi, deren Komposition und Kolorit vermuten ließen, daß ihr Meister sicher nicht außerhalb des Weichbildes von Ammergau gebildet worden war.

Diese Fresken waren alt und hatten schon verschiedene Tünchungsperioden der Hauswand überlebt; aber wenn auch ein naiver Kunstsinn oder eine gewisse Pietät sie immer vor der gänzlichen Vernichtung geschützt hatte, der teilweisen Zerstörung waren sie doch nicht entgangen. Bei jedem neuen Anstrich war der Kalkpinsel des Maurers weiter vorgedrungen, so daß jene Bilder zur Zeit dieser Geschichte am Rande nur mehr Figurenbruchstücke zeigten. So schwang auf einem der Bilder ein in der Luft hängender Arm die Geißel über dem Leibe Christi. Der zu dem Arm gehörige Körper eines Soldaten oder Henkersknechtes war längst der vorrückenden Kalkdecke zum Opfer gefallen.

Die Haustür war geöffnet und gewährte einen Blick in den Flur, dessen Wände dicht behängt waren mit unvollendeten Schnitzereien und verschiedenen Konturschablonen aus Blech oder Pappdeckel. Während rechts in der Tiefe eine schmale Treppe zum Bodenraum führte und links ein türartiger Durchbruch die Mauer nach der Küche öffnete, zeigte der vordere Raum zwei sich gerade gegenüberstehende Türen. Die Stube zur Linken sagte dem ersten Blick, daß der Besitzer des Hauses ein Bildschnitzer war; die hier und dort umherliegenden oder in Ordnung aufgeschichteten Holzstücke, die sich durch ihre Form als vorbereitetes Material für dereinstige Kruzifixe zu erkennen gaben, ließen noch im besonderen schließen, daß Paulus Lohner, von seinen Bekannten kurzweg Pauli genannt, zu jenen Bildschnitzern gehöre, die dem Sprachgebrauch seiner Heimat zufolge den Namen »Herrgottschnitzer« führen. Der Raum diente allem Anscheine nach zugleich als Wohnstube und Werkstätte. Etwas Besonderes war an ihm nicht zu finden: ein Zimmer, das gerade seinem Zweck diente, wie jedes andere gleicher Art in den anderen Häusern des Dorfes. Weißgetünchte Wände, daran verblaßte Photographien, meist Soldatenporträts oder Kostümbilder der letzten Passionsspiele, Darstellungen aus dem Leben des zum Schutzpatron gewählten Heiligen, das mit dünnen Goldleisten umrahmte Aufnahmedekret irgend eines Bewohners dieses Hauses in irgend welchen religiösen Verein, das Kruzifix im Herrgottswinkel mit den melancholisch überhängenden Palmzweigen, dann der übliche Kachelofen in der einen Ecke, in der anderen der massive eichene Tisch vor den in die Wand eingelassenen Bänken, ein Kasten mit schrankartigem Aufsatz, und schließlich an der langen Fensterseite die Hobelbank mit den verschiedenen Werkzeugkästen darüber.

Die Stube mußte erst kurz aufgeräumt worden sein, denn neben der offenen Tür lagen noch die zusammengekehrten Holzspäne, und an der Wand lehnte der benützte Besen. Ein sichtlich in Eile abgeworfener, blauleinener Arbeitsschurz lag auf der säuberlich in Ordnung gebrachten Hobelbank, und neben ihm ein neues Kruzifix, oder, um die Sprache des Landes zu reden, ein neuer Herrgott: das Kreuzholz schwarz bemalt, darauf der weiße, geschnitzte Christus, und ihm zu Füßen die Statuette der klagenden Maria. Es war eine schöne, sorgfältig ausgeführte Arbeit, die dem Kenner umsomehr auffallen mußte, als die Maria nicht nach der gebräuchlichen Schablone mit gefalteten oder mit auf die Brust gepreßten Händen dargestellt war, sondern mit Armen, die sich wie zur lauten Klage gen Himmel hoben.

Eben fing die aus den Wolken blinzelnde Sonne an, die Wände leicht zu röten, als durch die Tür ein junger Bursche trat, der zwischen fünfundzwanzig und dreißig Jahren stehen mochte. Es war Pauli. Er trug weder Rock noch Weste und hatte die Ärmel seines Hemdes bis über die Ellbogen aufgestülpt. Mit einer kurzstieligen Blechschaufel faßte er die Holzspäne vom Boden auf und verschwand durch die Tür, um wenige Sekunden später wieder zu erscheinen.

Er stülpte die Hemdärmel nieder, trat vor die Hobelbank und musterte sein jüngstes Werk noch einmal prüfenden Blickes, während er die beiden Hände langsam über die Hüften wischte. Er war eine wohlgeformte, sehnige Gestalt; doch zeigte der Rücken eine kleine Krümmung, die entweder die Folge des vielen Sitzens bei der Arbeit war, oder vielleicht nur nachlässige Haltung; auch der Hals erschien etwas nach vorne gestreckt, wie man das bei Leuten sieht, die über mancherlei nachdenken und dabei immer zur Erde blicken. Paulis Gesicht war nicht gerade gewöhnlich, jedenfalls hatte es aber auch nichts Außergewöhnliches an sich. Es war eines von jenen Gesichtern, von denen man sagen kann, sie sind hübsch – vorausgesetzt, daß man's mit dem Begriffe dieses Wortes nicht allzu strenge nimmt. Das einzige, was man wirklich an ihm schön nennen mußte, das war sein Blick. Wie ein leichter Flor von Schwermut lag es über diesen dunklen Augen, und dennoch ungetrübt sprach aus ihnen jede gewinnende Eigenschaft eines guten Menschen.

Pauli legte das Kruzifix, das er zur besseren Betrachtung aufgenommen hatte, beiseite, zog die Schublade aus einem der Werkzeugkästen und nahm zwei Figürchen hervor, die allem Anschein nach mißlungene, oder wenigstens unvollendete Probstücke der auf dem Kreuz befestigten Marienstatuette waren. Dann griff er nach einem Schnitzmesser, änderte mit ein paar sicheren Schnitten den Gesichtsausdruck der beiden Figürchen, der mit dem der Maria auf dem Kreuze ein und derselbe war, und stellte sie dann auf die vorderen Gesimsecken des neben dem Ofen stehenden Schrankes. Dann wandte er sich hastig ab, nahm einen leichten, nicht mehr neuen Kittel vom Türnagel, zog ihn an und drückte einen kleinen, dunkelgrünen, mit einer Weihenfeder geschmückten Filzhut auf das krause, braune Haar. Vorsichtig wickelte er das Kruzifix in einen großen Bogen Packpapier, das allem Anschein nach schon öfters ähnlichen Zwecken hatte dienen müssen, nahm das Paket sachte auf den Arm und verließ das Haus.

Man kommt nicht so schnell von einem Ende des Dorfes zum andern, wenn man bei allen Leuten beliebt ist. Und Pauli war beliebt. Bald wurde er von einem Freund auf dem Wege angehalten, bald klang ihm ein Gruß aus einem Fenster, da gab es zu fragen nach seinem Befinden, nach dem Wohlsein der Mutter, nach dem Ziel seines Ausgangs, und weiß der Himmel, womit sonst noch freundliche Neugier seine Schritte hinderte. Als Pauli bei der Kirche um die Ecke bog und sich dem Forsthaus näherte, sah er den Förster auf der

Freitreppe stehen, die zu der hochgelegenen Haustür führte. Er bot ihm einen freundlichen Gruß.

»Wohin denn, Pauli?« rief der Förster.

»Nach Graswang.«

»Was! Bei so eim Wetter?«

»No, wann's auch ein bißl tröpfelt, was liegt dran? Durch d' Haut eini hat's dengerst noch keim gregnet!«

Der Förster lachte. »Ja, ja 's Wirtslonerl is ein saubers Madl! Der zlieb leidt's schon eine verregnete Joppen!«

Ein dunkles Rot flog über Paulis Wangen. »Na, na«, sagte er schüchtern, »ich geh grad in Gschäften nach Graswang. Der Wirt hat schon lang ein neuen Herrgott bei mir bstellt ghabt, und jetzt hab ich ihn halt fertig gmacht und trag ihn nüber.«

»So, so?« Der Förster schmunzelte. »Wie is, kommst morgen am Sonntag zu mir ein bißl in Heimgarten? Hast dich in der letzten Zeit recht rar gmacht!«

»Müssen S' mir's halt net verübeln, daß mich d' Arbeit net hat abkommen lassen, und ...« Pauli machte eine Pause und blickte etwas verlegen zum Förster hinauf ... »und wenn ich morgen net komm, dürfen S' halt auch net bös sein.« Hastig sprach er weiter, als wollte er irgend einem Einwande des Försters zuvorkommen: »Wissen S', der Huberbauer von Graswang will Schnitzereien in die drübere Kirche stiften, und der Herr Maler Baumiller ... Ihr kennts ihn ja auch ... hat halt mich dazu rekomadiert, daß ich die Arbeit kriegt hab. Jetzt geh ich halt auf sechs oder acht Wochen nüber und mach die Gschicht.«

»Ja, was d' net sagst! Hast schon ein Loschi drüben?«

»Der Huberbauer hat mir sein Austraghäusl überlassen. Zwei ganz nette Stüberln sind drin. Heut fruh hab ich schon 's Notwendigste nüberbracht ... und d' Mutter, die z'morgens nach Ettal wallfahrten is, geht am Heimweg nüber und richt mir mein Sach ein bißl zamm.«

»Du sagst ja das alles mit eim Gsicht«, gab der Förster lachend zur Antwort, »als ob dir der Weg nach Graswang und das lange Bleiben in der Näh von der Loni schon so zwider wär, wie eim faulen Knecht d' Arbeit?«

Pauli zog die Brauen zusammen. »Müssen S' net spotten, Herr Förster! Ihnen bringt's kein Nutzen, und mir tut's net wohl.«

»No, no, no«, begütigte der Förster, »so schiech war's net gmeint. Drum sei gut und mach kein so zwiders Gsicht. So was können d' Leut in Graswang auch net leiden. Und jetzt bhüt dich Gott und geh, sonst kriegen wir am End gar noch Streit miteinand.«

»Jetzt das glaub ich doch net!« meinte Pauli, zog mit freundlichem Gruß den Hut und schritt seines Weges weiter.

Auf dem einen Arm das Paket mit dem Kruzifix, den andern Arm mit dem Daumen in das Querband des Hosenträgers eingehakt und den Blick zur Erde gerichtet, so ging er die Straße dahin, ohne Sinn und Auge zu haben für die stille, trotz des trüben Abends immer noch mannigfaltige Schönheit der Landschaft, die ihm zu beiden Seiten langsam vorüberzog. Er glich einem Menschen, dem die Einsamkeit Bedürfnis und Wohltat ist, weil sie ihm gestattet, alle Gedankenarbeit, bei der das Herz dazwischen spricht, in Muße nachzuholen, nachdem die schwere, andauernde Arbeit des Tages sie für Stunden zurückdrängte. Und Pauli hatte so manches in Kopf und Herz, was die Zeit seiner Abende und vielleicht auch mancher Nacht in Anspruch nahm, ohne daß er damit zu Ende oder nur zur Ruhe kommen wollte.

2

Es war ein kleines Häuschen, das Austraghäusl des Huberbauern, darin der Pauli wohnen sollte; aber freundlich sah es aus, und die alte Traudl, Paulis Mutter, hatte seit Mittag alles mögliche getan, um das eine der beiden Stübchen nach besten Kräften wohnlich zu machen, während die Umgestaltung des anderen zur provisorischen Werkstätte noch auf Pauli wartete.

Mit der Einrichtung sah es freilich ein wenig mager aus; ein Bett, ein Tisch und dahinter eine schon baufällige, mit abgesessenen Lederpolstern belegte Bank, zum Überfluß ein Stuhl, über dem Tisch in der Ecke der Herrgott, und das Weihbrunnkesselchen neben der Türe. Und doch machte das Stübchen einen angenehmen Eindruck; es war zu eng und zu klein, um die Dürftigkeit der Einrichtung auffallen zu lassen. Unter den Armen des Herrgotts guckten zwei große Waldblumensträuße hervor, die Traudl auf dem Wege von Ettal her zusammengelesen hatte; in den kleinen Fensternischen standen ein paar blühende Nelkenstöcke, die der Huberbäuerin abgebettelt waren, und nun sollten gar noch weiße, säuberlich gefältelte Vorhänge den Schmuck des Stübchens vollenden. Das eine der beiden Fenster war bereits mit dieser Zier angetan, und das andere sollte sie eben aus der Hand der alten Traudl empfangen, die beim Fenster auf einem Sessel stand, um die Nägel für die dünne, eiserne Vorhangstange in die Wand einzuschlagen. Wie Traudl so da oben stand und sich schnaufend streckte, um die für den Nagel bestimmte Stelle zu erreichen, das war ein drolliges Bild. Der halbe Sonntagsstaat, den sie der Wallfahrt wegen trug, mit seiner hochgesetzten Taille, mit den dickwattierten Schultern des nur schüchtern über das seidene Umschlagtuch vorguckenden Leibchens, und all' das andere

Darum und Daran kontrastierte seltsam mit der groben, blauen Leinenschürze, die sie der Werkzeugkiste Paulis entnommen und zum Schutz ihrer Kleider umgebunden hatte. Über dieser Figur saß das kleine bewegliche Köpfchen mit einem Gesicht, in dessen vielen Falten sich Ernst und Gutmütigkeit friedsam berührten, und das umrahmt war von grauen Haaren, die glatt an die Schläfe angescheitelt lagen und am Hinterkopfe sich zu einem etwas konfusen Knoten zusammenwirbelten. Die hohe braunhaarige Bibermütze, die diesen wirren, für die Augen der Welt nicht berechneten Teil der Frisur außer Hause zu verhüllen pflegte, lag auf dem Tische, und um dieses kostbare Utensil vor Staub zu schützen, war es sorgsam mit einem weißen Taschentuche zugedeckt.

»Sakrafix!« klang plötzlich die Stimme der Alten mit einem halblauten Aufschrei, und ihr linker Daumen, der von einem unvorsichtigen Hammerschlag getroffen war, fuhr hurtig nach dem Munde.

»Ja was machst denn, Traudl?« rief es durch die geöffnete Tür. »Auf den Nagel mußt schlagen und net auf deine Finger!«

»Jetzt wenn das net der Lehnl is, nachher will ich am Karfreitag Kirchweih feiern!« lachte Traudl, während sie mit ein paar Hammerschlägen den Nagel vollends befestigte. Dann ließ sie den Hammer sinken und drehte sich zur Türe. »No freilich!«

Auf der Schwelle stand ein alter Mann, dessen weißes Haar darauf schließen ließ, daß er wohl schon die Sechzig auf dem Rücken haben mochte. Mit der einen Hand in der Hosentasche und die andere an der Pfeife, die zwischen seinen Zähnen hing, so stand er da, und mit den Augen, um die ein leiser Zug von spottender Überlegenheit spielte, zwinkerte er der Alten zu, die ihn schon lange kannte und ihm ebenso gut und gewogen war, wie das ganze Dorf.

Ungefähr vor zwanzig Jahren war er nach Graswang gekommen, aus Tirol her, wo er »Pechler« gewesen, und hatte sich die Zeit über so leidlich fortgebracht, indem er sich bei den Bauern auf Taglohn verdingte. Nun aber, da die Arbeitskraft seiner alternden Glieder schon ziemlich nachgelassen hatte, erhielt er von der Gemeinde eine jährliche Unterstützung und war vom Wirte eigentlich mehr als Pfründner ins Haus denn in Dienst genommen worden. Da machte er sich durch kleine Verrichtungen nützlich, durch seinen Humor beliebt und erwies sich dankbar durch Anhänglichkeit an das Haus seines Wohltäters. Besonders an Loni, an der Adoptivtochter des Wirtes, hing Lehnl mit einer zärtlich treuen Zuneigung.

»No freilich!« hatte Traudl gesagt, als sie des Alten ansichtig geworden. »Wie man ein Vögerl am Gsang kennt, so kennt man dich an der Red. Da gibt's allweil ein Gspaß oder ein Spott!«

Lehnl nahm das lächelnd hin, trat zu der Alten und war ihr behilflich, das Stübchen vollends in Ordnung zu bringen. Dabei wurde von allerlei gesprochen, die Dorfneuigkeiten der letzten vierzehn Tage wurden durchgehechelt, und als man auf den Maler Baumiller zu sprechen kam, floß Traudl über vom Lob dieses Mannes, der ihrem Pauli den Auftrag des Huberbauern mit dem schönen Verdienste verschafft hatte.

»Ja, ja, er is ein herzensguter Mann, der Herr Fritz«, stimmte Lehnl bei, »und für's Dorf wie 's reinste Fruhjahrsschwalberl! Kaum daß die ersten Blattln rausschauen, fliegt er schon eini … und so seit zwanzig Jahr!«

»Es kennt ihn aber auch alles, und jedes hat ihn gern.«

»Das macht, weil er mit die Bauern umgehn kann, als ob er selber einer wär. Und reden tut er grad wie unsereins.«

»Denk dir nur, Lehnl«, dabei stieg die Traudl vorsichtig vom Stuhl herab und säuberte die Hände an der Schürze, »was er neulich meim Pauli für ein Antrag gmacht hat. Der Bub hätt arg viel Talent, hat er gsagt, zu eim Bildhauer, und er nähmet den Pauli mit eini in d' Stadt und ließet ihn ausbilden auf der Akademie. Aber meinst, der Bub ging? Net um alles in der Welt. Und wirst dir wohl auch denken können, was ihn zruckhalt!«

»Ja, ja! 's Lonerl, gelt?« Lehnl schmunzelte.

»Es is ja zum narrisch werden mit dem Buben!« seufzte Traudl. »Wann er nur wenigstens was davon hätt! Und der Herr Fritz meinet's so gut mit ihm. Der war fein heut auch in Ettal drüben. Ich hab ihn in der Kirchen drin gsehn.«

»Hätt eher denkt, im Wirtshaus.«

»Was tät denn ich im Wirtshaus?« fuhr Traudl ganz entrüstet auf. »Und bei einer Wallfahrt gar!«

»Mein Gott, was halt ander Leut drin tun: essen, trinken und recht gscheit reden.«

Eben schickte sich Traudl zu einer geharnischten Erwiderung an, als die Türe sich öffnete und Pauli eintrat, seinen wohlverpackten Herrgott auf dem Arm. Herzlich begrüßte er die Mutter und freundlich den Alten, der sich's inzwischen hinter dem Tisch bequem gemacht hatte.

»Aber grad schön hast mir das Stüberl hergricht!« sagte Pauli zu Traudl, während er Hut und Paket ablegte. »Bist denn schon lang von Ettal zruck, daß alles hast so machen können?«

»Mein Gott, seit Mittag halt!«

»Wie is dir denn z'Ettal gangen? Hast nachher für mich auch betet, Mutterl?«

»Für was geh ich denn wallfahrten«, murrte die Alte mit halbem Ernst, »für was denn, als daß du einmal gscheit werden sollst.«

»Ja bin ich denn dumm?« fragte Pauli lächelnd.

»No … mit deiner dalketen Lieb, das wird wohl net gscheit sein? So eine Narretei, die kein Heimat hat und kein Absehn. Wie oft net hat dir d' Loni schon zeigt, daß s' dir nix will, und doch gehst allweil wieder hin und schmachst 's Madl an, wie ein Lampl 's neue Stadltor.«

»Schau, Mutterl, da verstehst du nix davon!« lautete Paulis ruhige Antwort.

»Wär net aus!« fuhr Traudl auf und schlug in komischem Entsetzen die Hände zusammen. »Und wann ich auch wirklich jetzt nix mehr davon verstünd, so hab ich doch einmal was davon verstanden. Sonst wärst *du* net da! Und das wird jetzt noch grad so sein, wie zu meiner Zeit. Da wird wohl der Teufel net auch sein Fortschritt einibracht haben!«

Traudl hatte sich in ernste Hitze hineingeredet, so daß Pauli es für geraten fand, ein wenig einzulenken. »Geh, Mutterl, mußt dich net ereifern!« sagte er und nahm schmeichelnd ihren Kopf zwischen beide Hände. »Ich weiß ja, daß du's richtig meinst mit mir. Und dein Beten wird wohl für was gut gwesen sein.«

»Das will ich hoffen!« Traudl war besänftigt, und um ihre Augen spielten wieder die Fältchen ihres gewohnten, freundlichen Lächelns. »Brauchst aber net z'glauben, daß ich grad für dich allein betet hab. Wann ich einmal nach Ettal geh, so hab ich gar viel am Herzen, ja! Da bet ich für die Armen und Unglücklichen …«

»Vergelt dir's Gott!« brummte Lehnl.

»Was denn?« fragte Traudl erstaunt.

»Daß du auch an mich denkt hast.«

»An dich? Ja ghörst denn du zu die Unglücklichen?«

»Ich werd wohl dazu ghören, wann ich die ganze Zeit dein dalkets Gschwätz anhören muß.« Lehnls Gesicht wurde ernst und sein Ton hart. »Wie kann man nur an den eigenen leiblichen Sohn so ungeschickt hinreden. Kannst es ihm denn verargen, wenn er ins Madl verschossen is? Schau's nur grad an, wenn sie 's Köpferl so aufwirft und so lieb dreinschaut mit ihre Haselnußaugen, da meinst völlig, 's Hirn wird dir siedet. Dabei hat s' ein seelenguts Herz und is lieb und freundlich zu jedem Menschen … mit einer einzigen Ausnahm vielleicht.«

Lehnl schwieg, und ungeduldig trippelte Traudl von einem Fenster zum andern, zupfte an den Vorhängen und verzog die Mundwinkel. »No ja!« brummte sie. »Aber sagen braucht man's net, am allerwenigsten vor meim Pauli! Da käm's am End grad so raus, als ob er mit seiner Dummheit im Recht wär. Und das geht ja doch net an.«

Während dieser Reden saß Pauli am Tisch mit einer Miene, als ob die Sache weiß Gott wen anginge, nur ihn nicht. Doch seine ruhelosen Finger, die an dem Umschlagpapier des neuen Herrgotts erregt umherknitterten, ließen vermuten, daß die gehörten Worte tiefer bei ihm gingen, als es oberflächlich betrachtet den Anschein hatte. Kaum war das letzte Wort aus Traudls Munde, so stand er auf, nahm sein Schnitzwerk unter den Arm, den Hut in die Hand und sagte: »Ich meinet, es wär an der Zeit, daß ich dem Wirt sein Herrgott nüber trag. Könnt sonst leicht noch was passieren dran. Und wenn ich dir gut raten kann, Mutterl, so gehst mit und trinkst eine Maß Bier mit mir. Der Weg von Ettal daher und die Plag mit meim Stüberl wird dich wohl durstig gmacht haben. Und ein bißl Stärkung für 'n Heimweg brauchst auch!«

Traudl brummte was vor sich hin, setzte ihre Pelzhaube auf und griff nach Gebetbuch und Regenschirm, ihren beiden Wallfahrtsinsignien. Auch Lehnl erhob sich langsam, stopfte mit dem Daumen in seiner Pfeife die Asche nieder und sagte zu Pauli: »No, der Weg von deim Häusl ins Wirtshaus macht dich auch net müd. Fünf Schritt über d' Straß nüber, und drin bist. Der Huberbauer hätt dir net kamoder herbauen können!«

»Meinst?« Das war Paulis ganze Antwort. Er trat unter die Tür, die seine Mutter offen gelassen hatte, hielt die Klinke in der Hand und rief dem langsamen Lehnl zu: »Mach, geh weiter!« Dann schloß er Stuben- und Haustüre und folgte den beiden anderen über die Straße ins Wirtshaus.

Es ging da ziemlich ruhig zu. Außer zwei Handwerksburschen, die am Tische neben der Türe schweigend ihren Bittern tranken, war Anton Höflmeier der einzige Gast seines eigenen Wirtshauses. Der grauköpfige Alte saß am Fenster, eine dicke Hornbrille auf der Nase, und war eifrig bemüht, die Lektüre seiner Zeitung noch zu Ende zu bringen, bevor die allmählich anbrechende Dämmerung ihm das Lesen verbieten würde. Als er die Türe gehen hörte, hob er kaum den Kopf, knurrte nur ein halbverständliches »Guten Abend!« und las eifrig weiter. Erst als ihm Pauli zurief: »Du, Wirt, da bring ich dir dein Herrgott!«, blickte er auf, schielte über seine Brille weg auf die Ankömmlinge, legte, als er sie erkannte, Glas und Zeitung beiseite und sagte: »Ah, das laß ich mit gfallen, daß du so bald Wort haltst. Ich sag's halt allweil, auf den Pauli kannst dich verlassen. Und d' Mutter bringst auch gleich mit!«

Die Alte ergriff die Hand des Wirtes. »Hast schon recht, daß mir so ein freundlichen Gruß bietest. Könnt leicht sein, daß ich mir ihn heut in Ettal verdient hab mit eim halben Rosenkranz, den ich für deine schwarze Wirtsseel betet hab.«

Der Wirt lachte, denn er wußte, wie das gemeint war, und wandte sich zu Pauli, der inzwischen seinen Herrgott ausgepackt hatte.

Schon beim ersten Blick auf das Schnitzwerk nickte der Wirt befriedigt vor sich hin. Er nahm den Herrgott in Empfang, wandte ihn betrachtend ein paarmal hin und her und sagte: »Schön hast dein Sach wieder gmacht! Bin recht zfrieden! Und was is nachher meine Schuldigkeit?«

»Das steht bei dir!« gab Pauli zur Antwort. »Zahl, was du magst! Und wenn gar nix hergibst, nachher is auch recht!«

»Jetzt das gibt's net!« meinte der Wirt. »Da setz dich nieder! Das andere werden wir nachher schon kriegen. He! Resl! Wo steckt denn das Madl wieder?«

Die Tür, die nach der Küche führte, wurde heftig aufgerissen, und die Kellnerin fuhr in die Stube: »Wo brennt's denn? Da möcht man schon glauben, d' Stuben wär voller Leut.«

»Dem Pauli schänk ein!«

Das Mädchen ging zum Schänkkasten, nahm einen Krug heraus und brummte: »Das hätt doch net so pressiert. Es is noch niemand verdurst bei uns!«

»Sei net so gschnappig«, rief ihr der Wirt nach, als sie der Türe zuging, »und tu, was ich dir sag!«

»Halt, Resl! Bring mir auch gleich eine Halbe mit!« erklang vom Hausflur her eine tiefe Baßstimme, und der, dem sie gehörte, erschien auch gleich darauf unter der Türe: eine gedrungene, fast ans Korpulente streifende Figur, angetan mit grauen Hosen und einer dicken Lodenjoppe, deren einst grüner Besatz sich in der Farbe bereits einem zweifelhaften Gelb näherte. Vom Gesicht sah man nur die breite Stirn, eine knollige rötlich angestrahlte Nase und zwei kleine freundliche, von buschigen Brauen überschattete Augen, während die ganze untere Hälfte des Gesichtes von einem dichten, bräunlichroten Barte verhüllt war, der fast bis zur Mitte der Brust herabreichte. Von etwas dunklerer Farbe wie der Bart war das kurzgeschorene, struppig abstehende Kopfhaar. In der einen Hand hielt der Eintretende den breitkrämpigen Filzhut und in der andern Hand einen Pack mit allen jenen Dingen, die zur Ausrüstung eines Malers in der Sommerfrische gehören. Dieser Mann war Fritz Baumiller, Landschaftsmaler aus München, dort geboren, gebildet und fünfzig Jahre alt geworden, seit mehr als zwanzig Jahren ständiger Sommergast des Ammertales, der Protektor von Paulis Talent.

Er begrüßte die Anwesenden, besonders herzlich seinen Liebling, den Herrgottschnitzer, legte seine Sachen ab und nahm am gleichen Tisch Platz, an dem der Pauli mit seiner Mutter saß. Resl trat ein und brachte ihm sein Stammkrügl.

»Tu mir Bescheid, Resl!« sagte Baumiller, der sich eben eine Zigarre anzündete. Das Mädchen nippte und setzte den Krug mit einem gewohnheitsmäßigen »Gsegn's Gott!« wieder nieder. Dann schob sie dem Herrgottschnitzer mit einem kräftigen Ruck den andern Krug über den Tisch zu: »Da ... du ... hast dein Bier!«

»Wie steht's nachher mit dem Essen. Madl?« fragte der Maler. »Ich hab ein kannibalischen Hunger.«

»Moosschnepfen sind da, d' Loni macht s' grad z'recht. Wann s' fertig sind, bring ich 's, gelt!« Dabei klopfte das Mädchen dem Maler auf die breite Schulter, mit einer Gönnermiene, als hätte sie Königreiche zu vergeben.

Resl ging, und Baumiller wandte sich zu Pauli: »Du, Pauli, demnächst mußt du mich am Sonnenberg naufführen. Das is der einzige Punkt in der ganzen Gegend, von wo ich noch net runtergschaut hab.«

»Wissens S' was«, gab Pauli zur Antwort, »Sie haben doch allweil Zeit, gehen wir gleich übermorgen! Übermorgen is Sonntag, und da kann ich morgen mein Häusl vollends zammrichten und nachher am Montag mit dem Huberbauer seiner Arbeit anfangen. Mein Herrgott hab ich auch fertig, und so können S' mich jede Stund haben.«

»Is recht. Also übermorgen! Aber ... wo is denn der neue Herrgott?«

Geschäftig holte der Wirt das Kruzifix herbei. Je länger es der Maler betrachtete, um so mehr wuchs auch seine Freude und sein Erstaunen. »Das hast *du* gmacht, Pauli?« rief er endlich aus. »Es is fast net zum glauben! Sag einmal, Bub, wo hast denn du das her?«

Als Baumiller das Kruzifix in die Hand genommen hatte, war Lehnl aus der Küche in die Stube getreten, mit einem halben Dutzend Fliegenruten in der Hand, die er in die Fensternischen verteilte.

»Er is doch ein Ammergauer«, warf er auf den Ausruf des Malers ein, »und in Ammergau kommen die Buben schon als Herrgott-schnitzer auf d' Welt.«

»Sünd und schad is«, predigte Baumiller, »Sünd und schad, wenn du mir net folgst und mit mir net in d' Stadt gehst, um dich aus-bilden z'lassen! Schau nur einer die Stellung von der Muttergottes an! Wie schön und sauber die Armerln gmacht sind ... ein völligs Rätsel, wie du das anstellst!«

»No, ein Rätsel is das grad net!« sagte Pauli, der eines von Bau-millers Skizzenbüchern ergriffen hatte und darin blätterte. »Haben S' net allweil gsagt, ich soll mich fleißig üben? Ich hab lang gnug dran rumprobiert, bis ich's so zammbracht hab.«

»Aber du mußt doch ein Modell, ein Vorbild ghabt haben!« wandte der Maler ein.

»Ein Vorbild? Du mein, ich hab mir halt d' Loni vorgstellt, wie s' so dasteht und mit zwei Händ den Millikübel am Kopf hebt.«

»So, nach *dem* Modell arbeitest du?« lachte Baumiller. »Drum hast du auch das Gsichtl so fein rausgschnitten.«

Lehnl guckte dem Maler über die Schulter. »Meiner Seel!« Der Alte war seltsam erregt, »Das is ja d' Loni, wie s' leibt und lebt.«

»Weiß Gott, Lehnl, du hast recht!« Dabei rannte der Maler mit langen Schritten zur Küchentüre und rief hinaus: »Loni, Loni, komm eini gschwind!«

»Seids so gut, machts mir mein Madl auch noch rebellisch!« pol-terte der Wirt.

Man hörte von draußen ein Rasseln, wie wenn ein eisernes Ge-schirr über die Feuerringe eines Herdes gezogen wird; leichte, schnelle Tritte näherten sich über die Steinplatten – und unter die von Baumiller geöffnete Türe trat ein junges Mädchen von etwa dreiundzwanzig Jahren – die Loni.

Man sah ihr an, daß sie vom Herde kam, denn sie trug die breite blaue Küchenschürze umgebunden, deren rechter Zipfel an der Seite aufgesteckt war, wodurch das kurze Röcklein sichtbar wurde; das war vom gleichen Stoff, wie das weiß und rot karierte Leibchen, das sich, die volle Büste eng umspannend, über das kurze, schwarze Miederchen hervorhob. An den Händen mochte das Mädchen wohl noch die Spuren der eben verlassenen Beschäftigung tragen, denn sie hielt die nackten runden Arme mit den fast kokett gespreizten Fingern seitab vom Leibe. Eine weiche, ebenmäßige, für ein Bau-ernmädchen überraschend zierliche Gestalt! Aus den Schultern hob sich ein Köpfchen, das leicht zur Seite geneigt war, wie unter der Last der dicken, braunen Flechten, die es umwanden. Die Hitze des

Herdes hatte eine dunkle Röte über das reizende Gesicht gehaucht, aus dem zwei glänzende, braune Augen lachten, von dichten Wimpern umrahmt und überspannt von feinen, fast schwarzen Brauen, zwischen denen auf der Stirne ein kleiner, senkrechter Faltenzug sichtbar wurde, der zu diesem frischen, lebensfrohen Antlitz wenig passen wollte.

»Was gibt's?« rief Loni dem Maler zu. »Die Schnepfen sind noch net fertig.«

»Die pressieren auch net! Aber da geh einmal her! Geh nur her!« Dabei faßte er Loni, die ganz verwundert dreinschaute und mit der Schürze die Hände trocknete, beim Arm und zog sie nach der Mitte der Stube.

»Was wollts denn?« fragte das Mädchen, indem es widerstrebend folgte.

»So geh nur grad her und paß auf!« Dabei postierte der Maler Loni vor einen Tisch und ließ sie die Arme erheben in gleicher Art, wie die Maria unter dem Kreuze. Loni, die nicht wußte, wo das hinaus sollte, wollte eine Einwendung machen und die Arme sinken lassen.

»Ob du gleich stehn bleibst!« fuhr sie der Maler an, trat einige Schritte zurück und blickte mit lebhaftem Erstaunen vom Schnitzwerk auf das Mädchen und vom Mädchen wieder auf das Schnitzwerk.

Lehnl stand neben Baumiller, und mit leuchtenden Augen schaute er auf Loni. »Wie gsagt, die ganze Muttergottes, auf und nieder!«

»Aber ... wie kann man denn so ein Vergleich anstellen!« zürnte Loni und ließ die Arme sinken.

»Sakra, so bleib doch!« rief Baumiller.

»Ich mag net, das is mir z'dumm!«

»No, so schau einmal selber!« Der Maler hielt dem Mädchen das Kruzifix entgegen. »Schau nur grad das Gsichtl von der Muttergottes an!«

Loni, die Hände hinter dem Rücken, betrachtete die Schnitzerei. Mit dem ersten Blick erkannte sie die Ähnlichkeit, und ein spöttisches Lächeln huschte um ihre Mundwinkel, während sie zu Pauli hinüberschielte. Dann warf sie die Lippen auf, schaute dem Maler ins Gesicht und fragte mit einem geringschätzenden Tone, der wie ein Messer in Paulis Herz schnitt: »Wer hat denn das gmacht?«

»Wie magst noch fragen?« lautete die etwas ärgerliche Antwort des Malers. »Is denn im ganzen Gebirg einer, der so was fertig brächt, wenn net der Pauli!«

»Eigentlich hätt ich mir denken können, daß sonst keim so was Dummes einfallt!«

Pauli wurde blaß und rot. Wenn ihm aber auch die Erregung vom Gesichte abzulesen war, so merkte man doch nichts davon in seiner Stimme und in seinen Worten: »No, no … das wird doch wohl kein Unglück sein! Ich hab mir halt denkt …«

»Weißt, was *ich* mir denk?« unterbrach ihn das Mädchen heftig. »Es könnt dir was Gscheiteres in Sinn kommen, als daß du allweil mich drin hast … ich brauch mich net von dir ausschnitzeln z'lassen!« Dabei drehte sie ihm den Rücken, schritt auf den Schänkkasten zu und kniete nieder, um aus einem der unteren Fächer ein paar Teller hervorzunehmen.

»Wann ich gewußt hätt, daß dir's net recht wär«, rief ihr Pauli nach, »oder wann ich mir hätt denken können, daß dich die Sach gar so viel verschmachen tät, nachher hätt ich's eh net angfangt. Geh zu, Wirt, schieb halt den Herrgott in Ofen eini … ich mach dir ein andern!«

»Was dir net einfallt!« lautete die brummige Antwort des Wirtes. »Der Herrgott kommt da ins Eck nauf, und sonst kein anderer!«

»Das will ich auch hoffen«, warf Baumiller ein, »denn der Christus da, das is ein Meisterstück von Schnitzerei!«

Loni erhob sich und stieß die Teller auf die Platte des Schänkkastens, daß es klirrte. »Ein Meisterstück! Daß ich net lach!«

Pauli hatte sich wieder zu seiner Mutter, die schweigend, aber mit unverhehltem Ärger diese ganze Szene angehört, an den Tisch gesetzt, der neben dem Schänkkasten stand. Nun neigte er sich über die Banklehne gegen das Mädchen und sagte: »Wenn schon dein Übermut auslassen willst an mir, so tu's in Gottesnamen! Aber schau, Loni … es könnt vielleicht doch einmal eine Zeit kommen, wo's dich reut!«

»Da müßtest du zerst ein anders Mannsbild werden. Sonst erlebst es schwerlich!«

»Müßts ihr zwei jetzt allweil wie Hund und Katz sein?« fuhr der Wirt dazwischen.

»Jetzt *ich* beiß doch gwiß net!« meinte Pauli mit bitterm Lächeln.

Loni lachte hell auf. »Das muß wahr sein, denn zum Beißen ghört vor allem ein bißl Schneid … und das Wörtl steht in deim Katechismus net!« Mit energischem Ruck zog sie die Teller vom Schänkkasten und wandte sich zu Baumiller. »Gehn S' zu, Herr Fritz, kommen S' zu mir naus in die Kuchl … Ihnen Ihr Essen könnt leicht ein faden

Beigschmack kriegen, wenn ich's da eini traget.« Sie ging zur Tür. Und kopfschüttelnd folgte ihr der Maler. Bevor er die Stube verließ, rief er noch dem Pauli zu: »Gelt, vergiß net, daß mich übermorgen früh abholst zu unserer Partie auf den Sonnenberg!«

Pauli hatte keine Antwort mehr; er nickte nur. Und Traudl griff nach Gebetbuch und Regenschirm. »Es is ein Glück, wann wieder einmal auf ein Berg auffikommst! Nachher kriegst doch wieder ein andern Gedanken. Der ewige Daunderlaun führt doch zu nix. Hint und vorn halt dich 's Madl für ein Narren und macht dich spöttisch vor alle Leut.« Die Alte stand auf und strich Rock und Schürze glatt.

»Sie meint's net so!« sagte Pauli begütigend.

»Jesses! Jesses!« Klatschend flog das Gebetbuch auf den Tisch, um sofort von Traudl mit heiliger Scheu wieder aufgenommen und zur Sühne für diese Unbill an die Lippen gedrückt zu werden. »Sie meint's net so! Da möcht ich mich doch gleich bucklet lachen! Is dir das noch net gnug?« Zu besserem Nachdruck stieß sie ihrem Sohn bei jedem betonten Wort den Knauf des Regenschirmes gegen die Schulter. »Willst noch mehr Schand und Spott auf dich bringen? Wenn du gscheit bist, so gehst jetzt mit mir und laßt den Findling gehn, von dem man net einmal weiß, ob er ein Vater oder eine Mutter ghabt hat! Mach zu! Geh weiter!«

Ohne ein Wort der Erwiderung erhob sich Pauli, nahm seinen Hut, nickte dem Lehnl einen kurzen Gruß zu und folgte seiner Mutter. Als er aus dem Flur ins Freie treten wollte, fühlte er sich am Arm zurückgehalten. Es war der alte Lehnl, der ihm ins Ohr flüsterte: »Sie is halt ein Madl! Laß dich's net verdrießen, Pauli!«

»Das wär ein Kunststück, Lehnl!«

»Freilich wohl, aber du bringst es fertig!«

Es war ein fester Händedruck, mit dem die beiden schieden.

3

Spät in der Nacht war Pauli erst zurückgekehrt; bis Ammergau hatte er seiner Mutter das Geleit gegeben und war dann den Rückweg, den man bei gutem Marsche in zwei Stunden zurücklegt, so langsam Schritt für Schritt einhergewandert.

In seiner neuen Wohnung angelangt, hatte er sich müde gefühlt, und dennoch hatte er die ganze Nacht kein Auge schließen können. Vor dem Tag war er schon wieder auf den Beinen gewesen und hatte dann die Morgenstunden mit der Einrichtung seiner Werkstätte verbracht.

Nun war es elf Uhr mittags.

Drüben im Wirtshause stand Loni vor einem Tische, über den der alte Lehnl just ein blaues Tischtuch deckte. Auf dem Arm hielt Loni ein längliches Körbchen, und unmutig warf sie die Messer und Gabeln durcheinander, die es barg, weil sie immer nicht das richtige, das heißt, das schlechteste Paar finden konnte. Denn an dem Tische, der hier gedeckt wurde, und mit dem Bestecke, das Loni suchte, sollte Pauli sein Mittagessen einnehmen. Er hatte sich durch Lehnl, der am Morgen auf ein paar Minuten zu ihm hinübergekommen war, für die folgenden Wochen als Mittagsgast anmelden lassen. So war Loni jetzt beschäftigt, ihm das erste Gedeck zurecht zu legen: einen irdenen Teller, auf der einen Seite einen Blechlöffel und auf der andern Messer und Gabel, eine Mühe, die das Mädchen mit den Worten begleitete: »Das Gschäft freut mich schon recht, ich muß sagen!«

»Ja Lonerl, was machst denn!« rief Lehnl. »Schau nur grad die Gabel an! Die hat ja krumme Zinken.«

»Wann die Gabel dem gnädigen Herrn, der damit essen soll, net recht is, nachher soll er wohin gehen, wo er eine goldne kriegt. Verstanden!«

Lehnl bohrte die Zinken der Gabel in das Tischholz und bog sie gerade. »Ja, ja! Recht nett!« brummte er dazu. »Weil dir dem braven Burschen sein Gsicht net gfallt, jetzt muß am End gar sein armer Magen das entgelten.«

»Sein Gsicht? Der ganze Mensch gfallt mir net!«

»Wenn's schon so is, meinetwegen! Es is aber das noch lang kein Grund, daß man mit eim Menschen so umspringt, wie du mit dem Pauli. Ich sag dir's, Lonerl, du hättst es net tun sollen, daß du ihn gestern so abgschnalzt hast.«

»Ja, aber sag einmal selber …« dabei setzte Loni das Körbchen auf den Tisch und schlug die Hände ineinander, »sag einmal selber! Is das net ein Mannsbild wie von lauter Semmelbrösel? Ein andrer hätt sich halt gwehrt und hätt gsagt: Ich kann meine Muttergotteser schnitzeln wie ich mag, und dich geht's nix an. Was hat er aber aussi dalkt? Ich mach dir halt ein andern!« Es war ein häßlicher Mund, den das Mädchen zog, um diese Worte in möglichst langweiligem Tone vorzubringen. Nun fiel ihre flache Hand schwer auf die Tischplatte nieder. »Is das eine Antwort für ein Mannsbild? Und dann braucht's es halt doch net, daß er grad mich zu so was hernimmt.«

»No wart nur«, drohte Lehnl, »er tut dir schon noch einmal was an! Und schnitzelt dem Teufel seine Großmutter! Und nachher nimmt er auch dich zum Muster!«

Loni trug das Körbchen zum Schänkkasten. Auf halbem Wege blieb sie stehen, wandte den Kopf und sagte, während ein eigentümlich selbstbewußtes Lächeln ihren Mund umspielte: »Na, Lehnl, das tut der Pauli doch net!«

»Meinst leicht, er hat dich alles z'viel gern dazu, gelt?«

»Könnt schon sein!« Im gleichen Augenblick, in dem Loni das sagte, hörte sie Tritte vom Flur. Mit ein paar eiligen Schritten verschwand sie in der Küchentüre.

Pauli trat ein. Er grüßte den alten Lehnl, der ihm forschend ins Gesicht sah, mit einem freundlichen, aber kurzen Worte. Zu einem Gespräch war Pauli nicht sonderlich aufgelegt. Ruhig hörte er die Dinge an, die ihm Lehnl zu erzählen wußte, und beschäftigte sich dabei mit seiner Suppe, die ihm Resl gebracht hatte.

»Jeh, der Bachbauer!« unterbrach sich Lehnl, der einen Blick durch das Fenster geworfen hatte. »Was will denn der um die jetzige Zeit im Wirtshaus, und gar im Sonntagsstaat? Da muß ja was ganz Bsonders los sein!«

Der Gast trat ein. Vom grünen, mit goldenen Schnüren umwundenen Filzhut bis hinunter zu den Schnallenschuhen war er das Musterbild eines reichen Hofbauern. Unter der Türe blieb er stehen und stieß den Stock auf die Schwelle. »Kreuzsaxen, da herin is ja so stad, als ob eins rausgstorben wär!« Dann trat er in die Stube. »Grüß dich Gott, Pauli! Was hast denn? Machst ja ein Kopf, als ob dir der Bader ein paar gsunde Zähn grissen hätt!«

»Jetzt so was ließ ich mir halt doch net gfallen!«

»Und du Lehnl, was treibst denn du allweil?« wandte sich der Bauer an den Alten.

»Fliegen fangen, damit s' kein Bauern stechen!«

»Ein recht mildtätiges Gschäft, ich muß sagen! Aber wo is denn der Höflmeier, der Wirt? Ich hab was mit ihm ins reine z'bringen.«

»Geh nur dort eini ins Nebenstüberl, da is er drin«, gab Lehnl zur Antwort, und der Bachbauer folgte dieser Weisung.

Nachdenklich sah der Alte die Türe an, die sich hinter dem Bauern geschlossen hatte; nun wandte er sich langsam zu Pauli: »Du ... ich glaub, der Bachbauer is auf Bschau da ... wegen seim Muckl und wegen der Loni.«

Pauli erblaßte, und der Krug, den er eben vom Munde nahm, zitterte in seiner Hand, als er ihn auf den Tisch setzte.

Nicht lange währte es, so steckte der Wirt den Kopf zur Türe heraus und rief dem Lehnl zu: »Geh, sag der Loni, sie soll ein bißl da einikommen!«

Mit einem bedeutungsvollen Blick auf Pauli erhob sich der Alte und ging nach der Küche. Als er mit dem Mädchen in die Stube zurückkehrte, schritt Loni mit einem kurzen Gruß an Pauli vorüber.

Vor der Türe zum Nebenstübchen faßte Lehnl das Mädchen am Arm und flüsterte: »Lonerl, ich glaub, der Bachbauer hat um dich anghalten für sein Muckl. Aber ich bitt dich ... tu's net ... tu's net, wann du ihn net magst!«

Loni klopfte dem Alten lächelnd auf die Wange und trat in das Stübchen.

Rasch setzte Lehnl den Fuß an die Schwelle, so daß die Türe sich nicht schließen konnte.

»Was soll's, Vater?« klang Lonis Stimme.

»Bescheid sollst geben, der Rötelbachbauer will dich als Schwieger.«

»Mich?« Und hellauf hörte man das Mädchen lachen.

»Ja ... wenn's dich gar so freut«, fiel der Bachbauer ein, »dann freut's ja mich auch! Nachher wird's auch weiter kein Anstand haben, und ich frag gleich: wann is Hochzeit?«

»Ach so … jetzt hab ich allweil noch gmeint, es is Gspaß? Scheint mir aber nimmer, und drum muß ich wohl auch ernsthaft werden. Also kurz und gut … Euer Antrag is mir eine große Ehr und der Muckl is auch ein richtiger Bursch, aber … heiraten tu ich ihn net.«

Ein vergnügtes Lächeln huschte über Lehnls Gesicht, als er das hörte, und leise schnalzte er mit den Fingern.

Inzwischen saß Pauli regungslos am Tische, starrte, den Kopf in beide Hände gestützt, auf den Teller nieder und ließ das Essen unberührt erkalten.

»Jetzt will ich dir aber was sagen, Madl!« klang die Stimme von Lonis Pflegevater aus der Nebenstube. »Es is net 's erstemal, daß du gar so kurz anbunden bist. Das kann net allweil so fortgehn. Eim Antrag, wie dem heutigen, dem schlagt man net so grad die Tür vor der Nasen zu. Denn weißt, wenn du die Sach beim Licht betrachtest, so hat die Gschicht halt doch ein Haken. Du bist ein Madl, das ein jedes gern hat, und du wirst weder von mir, noch von meiner Alten selig jemals ein unguts Wörtl ghört haben wegen deiner Herkunft. Aber es gibt halt doch Leut, die's net verwinden können, daß du einmal in einer Nacht vor so und so viel Jahren vor unser Tür glegt worden bist. Drum sollst dir so was überlegen und dich net z'stark drauf steifen, daß du dem Wirt sein Herzkäferl bist … es könnt sich leicht keiner mehr finden, der sich drüber wegsetzt über den Namen Findlloni!«

»Ja, überleg dir's wohl!« fiel der Bachbauer ein. »Ich kann meim Muckl so viel mitgeben, daß die Madln mit zwei Händ zugreifen täten in jedem Bauernhof, wo er anklopft.«

»Gut, Vater«, klang Lonis erregte Stimme, »gut … und wenn auch keiner mehr kommt … ledig gstorben is auch net verdorben! Zugreifen und Ja sagen kann ich bloß, wenn sich einmal da unterm Brustfleck was rührt. Solang's da drin stad bleibt, is eine Heirat kein Glück, sondern ein Gschäft … und eine Heirat, die nach dem alten Brauch gmacht wird, wo der Bauer zum Bauer sagt: gib mir dein Madl, ich gib dir noch fünfzig Gulden und eine Kuh drauf … eine solche Heirat kann machen, wer mag … ich net … und ich tu's net … vielleicht grad, *weil* ich ein Findling bin.«

Rasche Tritte näherten sich der Türe, und Loni trat heraus, so ruhig, als hätte der Vater sie gefragt, ob das am Morgen angezapfte Faß schon zu Ende gelaufen wäre. Drinnen hörte man den Wirt noch sagen: »Ja mein, Bachbauer … wann's Madl net mag … zwingen kann ich's net!« Nun kamen auch die beiden Männer in die Stube. Im gleichen Augenblick wurde die Türe, die nach dem Flur führte, von außen aufgestoßen, und Muckl trat ein. Es war eine kraftvolle, stämmige Gestalt mit einem Gesicht, dem der kecke Übermut aus den Augen blitzte. »No, was is denn?« rief der Bursch, indem er den Hut aufs Ohr rückte. »Jetzt wär ich da beim Dasein! Braucht das so lang, bis man Ja sagt? Derweil mach ich zehn Heiraten aus.«

»'s geht net so gschwind, als du meinst!« gab ihm sein Vater ein wenig kleinlaut zur Antwort.

»Wär net zwider, Loni … Na wenn gsagt hast, nachher beiß ich mir gleich den Kopf abi. Bin ich net ein Kerl, der den Teufel in der Luft beutelt? Was kannst denn aussetzen an mir?«

Loni stand am Schänkkasten und stellte die frischgeputzten Gläser in die Fächer. »Gar nix … aber heiraten tu ich dich net!« Sie hatte nicht einmal das Gesicht gedreht, als sie das sagte.

»Und warum net?« fragte Muckl.

»Ich mag net. Verstehst? Das wird wohl Grund gnug sein!«

»Is net z'wenig«, lachte der Bursche, »aber z'dumm is er mir doch! … War also das wirklich 's letzte Wörtl in der Sach?«

»Wenn du's net glauben willst«, fiel Lonis Vater ein, »nachher mußt halt ins Wasser gehen, daß dich die Krebsen fressen!«

»Fallt mir ein! Für ein Krebsfutter bin ich mir doch z'gut. Ich denk mir halt:

> Ein richtiger Bub
> Bleibt niemals net hint,
> Denn ein andere Mutter
> Hat auch ein liebs Kind!«

Ein heller Jauchzer reihte sich an das Schnaderhüpfel; dann warf Muckl seinen Hut in die Fensternische und setzte sich zu seinem Vater, der an einem der Tische Platz genommen hatte.

»Hätt net glaubt, daß du's so leicht nimmst«, meinte dieser.

»Soll ich mich vielleicht abikränken und mager werden wie ein Zwiefelröhrl … fallet mir ein! Siehst, Loni, ich gib dir sogar den Rat, daß du jetzt erst recht wählerisch wirst. Brauchst net Sorg z'haben, daß du ledig bleibst und als alte Jungfer in der Ewigkeit Wolken schieben mußt. Der da«, und dabei deutete Muckl auf Pauli, »der bleibt dir allweil gwiß. Den hast im Sack und brauchst ihn bloß aussizarren!«

Lehnl, der neben Pauli stand, griff hastig nach dem Arm des Burschen, als wollt' er ihn am Aufspringen verhindern. Aber das war überflüssige Sorge; Pauli rührte sich nicht.

»Oder«, sprach Muckl weiter, »hast mich am End gar abgwiesen, weil mit'm Pauli verbandelt bist?«

Loni fuhr auf wie von einer Natter gestochen: »Dein dummes Gschwatz hat keine Heimat. Daß zwischen uns nix is und nix wird, das weißt du so gut wie ich, sonst wärst net kommen und hättst um mich anghalten. Wenn ich einmal ein nimm, das muß einer sein, der Schneid hat, ein richtigs Mannsbild, und net einer, der bloß so heißt, weil er Hosen anhat!« Zornig warf sie das Staubtuch, das sie in der Hand hielt, in eine Ecke des Schänkkastens.

»Jeh … Pauli«, spottete Muckl, »das wenn du dir gfallen laßt, nachher darfst gleich morgen Kegel aufsetzen!«

Pauli krampfte die Hand zur Faust und rief mit einem finsteren Blick dem Spötter zu: »Laß mich aus'm Spiel, ich sag dir's! Ich hab dir kein Anlaß geben! … Gib *mir* kein!«

»Jetzt so was ließ ich mir halt doch net sagen«, lenkte Muckl ein. »Ich tät ihr halt einmal das Wilde abikratzen, was sie sich so vom Pechlerlehnl angwöhnt hat!«

»Du nixnutziger Loder«, rief der Alte, »möchtest net mich auch noch einibringen!«

»Hätt ich vielleicht net recht? Von wem lernt s' denn all die Schlauderwörtln, als von dir? Zeit und Glegenheit hat s' ja gnug. Zwischen euch dauert die Schul grad von der Früh bis auf d' Nacht, und es wär schon lang an der Zeit, daß d' Loni der Gmeind ein Dankschreiben schicket, weil s' ihr 's ganze Jahr so ein saubern Schullehrer verhalt.«

Dem Mädchen schoß das Blut dunkelrot ins Gesicht. Und Muckl hatte noch nicht ausgesprochen, da stand Loni schon vor ihm. Ihre Stimme klang hart und bitter: »Jetzt scham dich aber in d' Seel eini, daß du ihm das Stückl Brot vorwirfst, was ihm die Gmeind gibt. Tut dir der Pfennig jetzt schon weh, den du einmal dazu zahlen mußt als hausgsessener Bauer? Dank's unserm Herrgott, daß du von einer Mutter bist, die dich gleich mitten einigsetzt hat in ein reichen Hof. Verdient hättst es net nach eim solchen Spott auf ein Menschen, der sich sein ganz Leben lang für die Bauern zammgarbeit und zammgschunden hat. Verstehst mich!« Damit wandte sie ihm den Rücken und ging nach der Küche, um eine neue Partie der frischgewaschenen Gläser in die Stube zu holen.

»Muckl«, sagte der Wirt lächelnd, »die Red kannst auswendig lernen.«

»Ich mag net, ich hab gar ein schweres Gmerk«, gab der Bursche zur Antwort. Die energischen Worte Lonis schienen nicht sonderlich tief bei ihm gegangen zu sein; aber er ärgerte sich doch und drehte unter heiserem Lachen an seinem Schnurrbart.

Der alte Pechlerlehnl war dem Mädchen in die Küche nachgegangen und drückte ihr draußen dankbar die Hand. »Ich sag dir halt

Vergeltsgott, daß dich so einigredt hast wegen meiner. Weißt, ich hätt ihm schon nausgeben können, aber ich hör auf eim Ohr nimmer recht.«

»Da braucht's kein bsondern Dank. Aber dein guter Freund, der schöne Herr Pauli, der hätt sich grad schon auch ein bißl um dich annehmen können. Verdient hättst es um ihn! Denn du redst ihm 's Wort so oft bei mir, daß mir's mit der Zeit leicht z'viel werden könnt.«

Während dies in der Küche vor sich ging, hatte sich die Gesellschaft in der Wirtsstube um eine neue Person vermehrt, um Loisl, den Geißbuben des Wirtes. Es war ein junger Mensch von etwa achtzehn Jahren. Der eckige Kopf mit der Stumpfnase und dem Schlappmaul hätte eigentlich einen widerlichen Eindruck machen müssen, wenn die Häßlichkeit des Gesichtes nicht durch ein Paar grundgutmütige Augen gemildert worden wäre. Dieser Kopf reckte sich auf einem langen sehnigen Hals aus einer mageren, nachlässig in sich gekrümmten Gestalt. Der Oberkörper war nur mit einem groben Hemd bekleidet, das Loisl seit Sonntag auf dem Leibe trug – und jetzt zählte man den letzten Tag der Woche. Um die Beine des Geißbuben klunkerte eine abgewetzte Lederhose, welche die Knie nackt ließ. Einstens weiß gewesene, zerrissene Stutzen umschlossen die Waden oder, besser gesagt, den Platz der Waden, während die nackten Füße in schweren, dickbenagelten Schuhen staken. Ein in der Farbe sehr zweifelhafter Rucksack, eine Zipfelkappe und ein am Wege geschnittener Stock vollendeten Loisls Aufzug.

»Jetzt kommt der Rechte«, hatte Muckl gerufen, als Loisl eingetreten war, »der is uns noch abgangen.«

»Gelt, hast Zeitlang ghabt nach mir?« Loisl war auf ihn zugetreten, hatte die Zipfelkappe abgezogen und sie dem Burschen mit beiden Händen hingehalten. »Schenkst mir was?«

»Bettelst schon wieder?«

»Von dem, was du mir gschenkt hast«, lautete die maulende Antwort, »von dem kann ich mir noch net einmal ein Bröckl Schuhschmier kaufen!«

»Was tätst auch damit? Hast ja gar keine Schuh.«

»Drum stünd's dir gut an, wenn mir ein Paar schenken tätst.«

In diesem Augenblick trat Loni wieder ein, in jeder Hand fünf Biergläser. Als sie an Pauli vorüberkam, blieb sie stehen und sah dem Burschen mit einem halb mitleidigen, halb ärgerlichen Blick ins Gesicht. »Du bist schon der Allerschönst!« Dann schritt sie kopfschüttelnd zum Schänkkasten. »Es is schon merkwürdig, was ein Mensch verträgt!«

»Ja grüß dich Gott, Loni!« rief Loisl und schlorpte auf das Mädchen zu. »Geh, schenk mir was zum Essen!«

»Geh halt aussi in die Kuchl! Auf der Anricht liegen Schmalznudeln … da nimmst dir eine.«

»Eine bloß?« klang die enttäuschte Frage.

»Kannst auch zwei haben, du Bettelsack!«

»Nachher nimm ich mir halt drei recht fette.« Damit wollte Loisl der Küche zueilen.

»Halt ein bißl, du!« rief der Wirt. »Was willst denn eigentlich unterm halben Tag da herunt?«

»Jesses, Jesses!« Und Loisl kehrte zurück. »Da hätt ich jetzt bald drauf vergessen! Botschaft soll ich ausrichten von deiner Sennerin, weißt, von der Zwerger-Nandl. Die will morgen abends abi von der Alm, weil am Montag ihr Schwester Hochzeit macht. Die alte Kramerwaben hat der Nandl schon versprochen, daß s' ihr derweil aushilft. Jetzt kann aber die alte Kramerwaben erst am Montag in der Fruh kommen, und jetzt hätt dich halt d' Nandl recht schön bitten lassen, daß du übern Sonntag abend und über d' Nacht d' Loni auf d' Weglalm schicken tätst, damit d' Nandl abi kommen kann.«

»D' Nandl is wohl verruckt?« knurrte der Wirt.

»Du bist gstimmt, die is gscheiter wie du!«

»Ich kann doch d' Loni net weglassen, wo am Montag die Hochzeit bei uns is, und 's ganze Haus voller Arbeit!«

Da trat Loni zu ihrem Vater, legte die Hand auf seinen Arm und sagte: »Das Madl kann aber doch net am Festmorgen von ihrer Schwester auf der Alm bleiben, und bei den Brautleuten wird's im Haus am End noch mehr Arbeit geben als wie bei uns. Wenn du willst, Vater, können wir's doch machen. 's meiste ist schon hergricht, heut und morgen bis Mittag kann noch viel gschehen, und am Montag vormittags, bis Kirchenzeit is, bin ich wieder da. Tust ihr halt den Gfallen.«

»No ja«, sagte der Wirt nach kurzer Überlegung, »wenn du meinst, daß 's geht, hab ich nix dagegen.«

Pauli war aufgestanden und verließ nach kurzem Gruß die Stube, um wieder an seine Arbeit zu gehen.

Als der Wirt auf Lonis Bitte die Zustimmung gab, neigte sich Muckl zu seinem Vater hinüber und flüsterte: »Da kenn ich ein, der morgen in der Nacht auch auf der Weglalm is. Ein Wörtl unter vier Augen is das Madl ja doch noch wert. Und im Finstern redt man sich leichter.«

4

Von der Stelle aus, wo der an Graswang vorüberfließende Rötelbach in die Ammer einmündet, muß diese einen mächtigen,
vielgekrümmten Bogen beschreiben, um ihren Weg ins Ammergau
zu finden. Gezwungen wird sie dazu durch einen Bergzug, der von
der Brunnenkopf- und Klammspitzgruppe ausläuft, dann, unterbrochen durch die Spitzen des Pürstlingkopfes, des Sonnenberges
und des Brunnberges, an Linder und Graswang vorüberzieht und
nach der Seite von Ammergau in die Kobelwand, nach der Seite des
Zusammenflusses von Rötelbach und Ammer in den Rappenkopf
endigt. Auf halber Höhe dieses Berges hebt sich aus der tiefgrünen
Bewaldung eine kleine Hochebene, auf der die von saftigem Weide-
land umzogene, dem Wirte von Graswang gehörige Weglalm gelegen ist. Fast in der Mitte des mit leichter Steigung gegen den Berg
sich hinziehenden Wiesengrundes liegt die Sennhütte, an die, den
Aufstieg von Graswang verdeckend, das Gehölz mit einem schmalen
Ausläufer herantritt, indem es die Hütte noch mit ein paar hoch-
stämmigen Fichten überschattet und aus Wacholdergesträuch einen
lauschigen Hintergrund bildet für einen Brunnenstock, der seinen
dünnen Wasserstrahl leise plätschernd in einen ausgehöhlten Baum-
stamm ergießt. Die Sennhütte stand auf einer kleinen Bodenerhe-
bung, die gegen den Brunnen in etwas starker Böschung ausläuft,
während sie sich nach dem Berge zu in gerader Fläche verliert. Die
eine Hälfte des Blockhauses bildete den Kaser, zu dem von außen
die Türe führte, sowie den Wohnraum der Sennerin, der durch ein
kleines Fenster sein Licht erhielt, die andere Hälfte den mit eigener
Tür versehenen Stall und Schuppen; darüber lag das Schindeldach
mit den beschwerenden Felsbrocken.

Dicht unter dem Fenster war in die Außenseite der hölzernen Wand eine Bank eingefügt, auf der die Sennerin saß, das große Butterfaß zwischen den Knien. Es war eine dralle Erscheinung, dieses Mädchen, dessen kräftige Arme mit flinker Geschicklichkeit den Stößer des Butterfasses handhabten. Im Takte zu ihrer Arbeit sang sie ein Lied, und als sie den Jodler mit einem hellen Jauchzer schloß, klang nah aus dem Gehölz ein langgezogener Juhschrei zur Antwort.

Nandl sprang auf und eilte der Ausmündung des Steiges zu, der von Graswang zur Alm heraufführt. »Jeh, da kommt ja gar d' Loni schon! Und der Lehnl is auch dabei! Das soll mich aber net wundern, denn ohne Loni kein Lehnl und ohne Lehnl kein Loni!«

»Grüß dich Gott, Nandl!« sagte Loni, die unter den Bäumen hervortrat, aufatmend stehen blieb und sich mit dem Ärmel über die erhitzte Stirne wischte. Sie nahm das schwarze Kopftuch ab und blickte nach Lehnl zurück, der ihr mit etwas müden Schritten folgte.

»Wir haben dir ... schon lang zughorcht ... auf dein Gsangl«, sprach der Alte die Sennerin an, wobei er ein paarmal absetzen mußte, um Atem zu holen. »Kannst es leicht so schön wie die Engeln im Himmel.«

»Probier's ja auch allweil, damit ich einmal dazustimm, wann ich auffikomm in Himmel.«

»Du darfst net eini!«

»So ... wegen was nachher net?«

»Bist alles z'verliebt! Und die, wo so viel Gspusi treiben, laßt der Peterl net eini. So ebbes kann man im Himmel net brauchen!«

Nandl guckte mit verdutzten Augen drein. »Müßt ich fast lachen, wenn's wahr wär!«

»'s Lachen wird dir schon vergehen, bald er dich einmal kriegt, der mit dem Schürhackl.«

»Geh, schwatz net so viel!« mahnte Loni den Alten, nahm ihn beim Arm und zog ihn zum Brunnen. »Da setz dich nieder und schnauf ordentlich aus! Der Weg da rauf is kein Katzensprung für ein alts Leut.«

»Nandl ... Nandl« plärrte es hinter der Hütte. »Mir is was gschehen!« Und stolpernd kam Loisl den Hügel herabgerannt, indem er sich die Seite rieb und ein ganz jämmerliches Gesicht dazu schnitt.

»Was is denn schon wieder?« fragte Nandl ungeduldig.

»Unser ... unser Geißbock hat mich gstößen ... das Vieh!«

Nandl mußte lachen. »Hast ihn wieder tratzt, gelt?«

»Na, bloß ein Renner hab ich ihm geben, nachher is er davon. Und ich hab schon gar nimmer dran denkt und steh so droben am Hüttenbergl und schau zum Holzergirgl abi ... da krieg ich von hint ein Puff und purzl übers Bergl abi. Wie ich in d' Höh schau, steht das schwarze Vieh droben wie der Teufel und schaut mir nach und sagt allweil mehehehe!«

Lehnl und die beiden Mädchen lachten hell hinaus, als Loisl so dastand mit schlaff hängenden Armen, den Hals gestreckt und die Stimme des Geißbocks nachahmend.

»Der Geißbock is halt gscheiter als du!« sagte Lehnl und klopfte dem Buben beruhigend auf die Schulter.

»Das is schon eine Kunst auch«, lautete die entrüstete Antwort, »wenn man ein von hint erwischt. Aber wart nur, jetzt hol ich mein Geißelstecken, nachher kriegt er Wix.« Eilig humpelte Loisl der Hütte zu und verschwand durch die Tür des Schuppens.

»Und ich richt mich halt jetzt schön langsam zamm, daß ich weiter komm«, sagte Nandl zu Loni, »weil doch schon so gut warst und auffikommen bist.«

»Ja, ja, geh nur, 's is Zeit, sonst kommst noch in d' Nacht eini. Da ... wann du nunterschaust ins Tal, da wird's schon bald Abend.«

»Z' tun hast nimmer viel«, sagte Nandl, während sie der Hütte zuging, »brauchst grad den Butter auslupfen, er is schon bald beinander ... und was denn noch gschwind? Ja, und ein Trank fürs Vieh mußt aufsetzen!«

»Ich will dir's schon recht machen.« Loni band sich die Schürze um, die Nandl abgelegt hatte, und ging auf die Bank zu, vor der das Butterfaß stand.

Lehnl hatte sich die ganze Zeit über damit beschäftigt, die während des Aufstieges zur Alm erloschene Pfeife wieder in Brand zu bringen. Noch immer saß er auf der Bank am Brunnen. Und es schien ihm zu gefallen, daß Loni sich so rasch in ihre neue Arbeit schickte, denn es war ein herzlicher Blick, mit dem er dem Mädchen nachsah, als es zur Hütte hinaufstieg. »Kommst aus der Arbeit jetzt gar nimmer raus! Und bald nunterkommst, geht's drunten auch wieder an. Die Hochzeit wird dir schön z'tun geben.«

»Mein, es wird mir doch d' Arbeit net z'viel werden. Und gar daheroben! Kann's denn ein schöners Platzerl geben als die Weglalm? Die Berg ... die Luft ... und schau, wann da an dem Fleckl stehst«, sie trat an das Stangengeländer, das die Hütte umzog, und hob die Hand über die Augen, »da siehst grad nunter auf Graswang, und da liegt's dir so friedlich und heilig da wie ein Kripperl.«

Lehnl nickte schmunzelnd. »Nur geht ihm 's Christkinderl ab, wenn du net daheim bist.«

Das Mädel lachte. »Geh, du bist ein verliebter Gimpel! Man meinet, was ich dir schon tan hätt, daß du gar so an mir hängst.«

»Du lieber Gott! Warum hast ein Nagerl gern, ein Röserl, oder d' Sonn? Tut dir auch nix bsonders z'lieb und magst es doch! Mußt dir mein guten Willen halt gfallen lassen.« Wie ein Schatten flog es über Lehnls Gesicht. »Wann einmal verheirat bist, wird's ohnedem anders.«

»Damit hat's noch gute Weg!« sagte Leni leicht vor sich hin und hob den Deckel des Butterfasses, um nach dem Inhalt zu sehen.

»Das mußt net sagen! So was kommt oft über Nacht!« Lehnl nahm die Pfeife aus dem Mund und guckte in die schwache Glut. »Hättst erst gestern dein Glück machen können.«

Energisch fuhr der Stößer mit Lonis Händen nieder, daß die Milch im Fasse klatschte. »Es is net dein Ernst, was du sagst! Obwohl …« Stimme und Miene des Mädchens wurden diplomatisch, »obwohl der Muckl noch der einzige wär, von dem man bei so was reden könnt.«

»Wirklich? Der einzige?« fragte Lehnl seine Pfeife, in der sich, ermuntert durch einen glühenden Schwamm, der Tabak zu besserem Brennen entschloß.

»Ich wüßt sonst kein!« gab ihm, nicht die Pfeife, sondern Loni zur Antwort.

»No … und der Pauli?«

Abermals ein kräftiger Stoß in das Butterfaß. Dann sprang Loni auf und schüttelte die Schürze. »Mit dem wär ich fertig für heut!« rief sie.

Hastig hob Lehnl sein Gesicht. »Mit dem Pauli?«

»Na … mit 'm Butter.« Und mit beiden Händen nahm Loni das Faß auf, um es zum Brunnen zu tragen.

»No mein«, Lehnl rückte ein bißchen, um Loni zum Ausheben des Butters Platz zu machen, »'s hätt grad so gut auf den Pauli auch passen können. Er is ja heut in aller Früh schon mit dem Maler fort auf den Sonnenberg. Und ich denk, der Herr Fritz wird dem Buben z'lieb beim Abstieg net zwei Stund weit ein Umweg bis auf d' Weglalm machen wollen.«

»Gott sei Dank!« Und klitsch und klatsch bearbeiteten Lonis Hände den Butterballen. »Gott sei Dank! So vergeht mir doch auch einmal ein Tag, wo mir der Mensch net auf die Füß umeinandertrappt!«

Da klang ein heller, kurzer Jauchzer von der Höhe, ein Jodler folgte, und schmunzelnd guckte Lehnl zu dem Mädel auf, das dastand wie vom Blitz gerührt. Mit knapper Not hatte Loni den Butterballen noch in den Händen behalten, der ihr beim ersten Schreck beinah in den Brunnentrog gefallen wäre. Und Lehnl lachte leise vor sich hin, wie Menschen lachen, die etwas eintreffen sehen, was sie längst erwartet haben.

»No ja«, stieß Loni hervor, und der Butterballen klatschte in die irdene Schüssel nieder, daß die Milch dem Alten ins Gesicht spritzte, »kennst ja wohl das Sprichwort vom selbigen Tier, von dem d' Leut sagen:

> Wenn man's nennt,
> Kommt's grennt!«

Sie nahm die Schüssel auf und schritt der Hütte zu.

Unter der Türe trat ihr Nandl entgegen, das Kopftuch umgebunden und ein kleines Bündel unter dem Arm. »So, jetzt hab ich's! Bhüt euch Gott, und halts mir gut Haus!«

»Halt, Nandl, ich geh mit!« schrie Loisl, der aus dem Schuppen trat und mit seiner Peitsche knallte. »Könntst leicht ausrutschen auf dem wurzigen Weg.« Er hatte noch nicht ausgesprochen, da stolperte er über eine der Hüttenstufen, fiel der Länge nach über den steilen Abhang und purzelte bis vor Nandls Füße. Mühsam erhob er sich, rieb sich unter schmerzlichen Grimassen die Hüfte und den Schenkel, und während er dem lachenden Mädel zum Steige folgte, brummte er vor sich hin: »Jetzt wär ich aber schiergar gfallen!«

Kaum waren die beiden im Gehölz verschwunden, als von der anderen Seite Baumiller und Pauli über die Höhe herabstiegen.

»Ja Pauli?« rief der Maler und sah sich verwundert um. »Wo hast denn du mich hingeführt? Da sind wir ja auf der Weglalm bei der lustigen Nandl.«

Eben trat Loni wieder aus der Hütte. »Heut müssen S' aber schon mit mir vorlieb nehmen.«

»Ja Loni«, fragte der Maler verwundert, »seit wann bist denn du Sennerin?« Dann stieg er zur Hütte herauf und reichte dem Mädchen die Hand zum Gruße, während sich's Pauli bereits an Lehnls Seite auf einem Felsblock bequem gemacht hatte.

»Aber jetzt werden S' müd sein!« sagte Loni zum Maler. »Setzen S' Ihnen da nieder auf 's Bankl und rasten S' aus! Haben tu ich nix als Milli und frischen Butter.«

»Nur her damit!«

Loni verschwand in der Hütte.

»Ich hab gmeint, ihr seids am Sonnenberg gwesen?« sagte Lehnl zu Pauli.

»Waren wir auch!« gab Pauli zur Antwort, während er den Rucksack achtsam beiseite legte, als wollte er den Inhalt nicht durch Drücken beschädigen.

»Da habt's nachher grad den nächsten Heimweg gmacht, das muß ich sagen! Aber freilich ... wie der Herr Pfarrer sagt, alle Weg führen nach Rom, so führen bei dir alle Weg nach der Weglalm, wenn d' Loni da is, gelt?«

Loni hatte unterdessen dem Maler einen großen Weidling mit frischer Milch auf die Knie gestellt und Brot und Butter auf die Bank gelegt. Nun kam sie den Hügel herunter, stellte sich, die Arme in die Seite gestemmt, vor Pauli hin und fragte: »Is dem Herrn vielleicht auch was gfällig?«

»Wie magst fragen?« warf Lehnl lächelnd ein. »Den speist ja d' Lieb!«

»Mit dir hab ich net gredt!«

»Sonst war's wohl so der Brauch auf der Alm«, sagte Pauli, »daß eim d' Sennerin ein Lackerl Milli bracht hat, wenn man im Vorbeigehn einkehrt is.«

»No! Ich möcht mich halt rühren, wann's mich hungert! Ich kann dir net einischauen in Magen!« Damit kehrte sich Loni kurz von ihm ab und ging zur Hütte.

Es war ein recht bitteres, wehmütiges Lächeln, mit dem sich Pauli zu Lehnl wandte, als ihn dieser ansprach: »Was hast denn da in deim Rucksack drin?«

»Ein paar Boschen Edelweiß, die ich heut gfunden hab! Wird wohl 's letzte sein für heuer.«

»Für wen ghört's denn?« fragte Lehnl; doch es war keine Spur von Neugier im Ton seiner Stimme; für wen das Edelweiß bestimmt wäre – das schien Lehnl schon zu wissen, als er fragte: »Für wen ghört's denn?«

»Für d' Mutter halt!«

Lehnl mußte doch eine andere Antwort erwartet haben; denn es klang ein recht bedenklicher Zweifel aus seiner Stimme, während er vor sich hinbrummte: »So ... so ... für d' Mutter?«

Loni stand wieder vor den beiden und hielt dem Herrgottschnitzer eine Schüssel hin.

»Vergelt dir's halt Gott«, sagte Pauli, »daß du so gut bist und mich net schlechter haltst als ein andern.«

Es war ein hartes, trockenes Lachen, mit dem sich Loni zu dem Burschen niederbeugte: »O du gnügsamer Mensch!« Dann ging sie zum Brunnen, faßte mit lautem Geklapper die zum Trocknen aufgestellten Milchgeschirre zusammen und trug sie in die Hütte.

Mit langen, durstigen Zügen hatte Pauli die Schüssel geleert, als ihm der Maler zurief: »Pauli, jetzt brechen wir wieder auf, sonst bringen wir den Umweg gar nimmer ein. Bis wir nunterkommen, wird's sowieso ganz finster werden.« Schweigend stellte Pauli das Geschirr beiseite, erhob sich und griff nach Rucksack und Bergstock.

Lächelnd reichte Loni dem Maler die Hand: »Bhüt Ihnen Gott halt! Es hat mich schon recht gfreut, daß S' bei mir zugsprochen haben!«

»No, und mich selber am allermeisten! Aber wie is denn nachher, Loni, wirst morgen auf der Hochzeit auch mit mir tanzen?«

»Wär net aus!« erwiderte das Mädchen geschmeichelt. »Da kommt's doch zerst drauf an, ob Sie mir die Ehr schenken!«

»Jetzt da kannst sicher drauf rechnen!« lautete die fröhliche Antwort des Malers.

»Was is denn mit dir, Lehnl?« fragte Pauli inzwischen den Alten, während er den Rucksack über die Schultern zog. »Gehst du net mit?«

»Na!« gab Lehnl zur Antwort. Dann erhob er sich, trat an Paulis Seite, und flüsterte ihm zu: »Ich muß erst dir noch ein bißl zum guten reden! Und schlafen werd ich wohl auch daheroben. Ich laß die Loni net allein in der Nacht.«

Die letzten Abschiedsworte wurden gewechselt, und der Maler machte sich, von Lehnl einige Schritte begleitet, voraus auf den Weg. Pauli hatte sich schon dem Gehölz zugewandt, als er wieder umkehrte. Es war eine warme Herzlichkeit in dem Wort, mit dem er dem Mädchen die Hand bot: »Bhüt dich Gott, Loni !«

»Bhüt dich Gott auch!« Und während Loni Paulis Hand ergriff, zuckte ein leises Lächeln um ihren Mund. »Gelt, vergeh dich halt sobald net wieder auf d' Weglalm!«

Lehnl kicherte vor sich hin und nahm die Pfeife aus den Zähnen: »Hab kein Sorg! Wann du net da bist, nachher findt er net her!«

5

Drunten im Tale lag schon die Dämmerung über den Wiesen.
Nun schlich sie auch herauf über die tannenbewaldeten Höhen; langsam krochen die tiefen, riesigen Schlagschatten der Nachbarberge über die entschlummernden Wipfel und über die stillen Matten, während der letzte Scheidegruß der Sonne die waldlosen Kuppen und Spitzen mit dunklem Purpur überhauchte. Hinter den Bergen da draußen, fern am Himmel, sah man noch einzelne, langgezogene Wolkenstreifen mit lichtem Gold gesäumt, aber je höher es hinging am Firmamente, um so blässer wurden die Farben, um so unklarer schwammen die Konturen der gleich getönten Wolkenmassen durcheinander. Fast schien es, als hätten diese leblosen Gebilde der Lüfte plötzlich Leben und Gefühl in sich geboren, fähig, die ganze herbstliche Schönheit des hinschwindenden Tages zu erfassen – so sehnsüchtig zogen sie der untergehenden Sonne nach. Und fern im Osten zeigte die dunkle Hülle des Himmels einen matten, sich in der Runde wieder verlierenden Lichtkreis. Der kam von den Strahlen des Mondes, die sich dort einen hellen Weg durch die Wolken brachen.

Auch auf der Alm war es still geworden; das Gebrüll der einziehenden Kühe war verstummt, das vielstimmige Geläut der Schellen war verklungen, und auch der Brunnen schien leiser und ruhiger zu fließen wie am Tage. Still inmitten dieses Friedens stand die Hütte; nur die leichten Dampfwolken des mit Wasser gelöschten Herdfeuers kräuselten sich noch durch die Ritzen des Schindeldaches in die dunkelnde Luft.

Auf der Bank vor der Hütte saß Lehnl und schmauchte sein Pfeifchen. Nun trat auch Loni aus der Tür ins Freie; sie hatte die Arbeitsschürze abgelegt und stülpte, als sie sich an Lehnls Seite auf die Bank setzte, die Ärmel ihres Leibchens nieder.

Der Alte mußte wohl all die Zeit her über die wenig freundlichen Worte nachgedacht haben, mit denen Loni seinen jungen Freund Pauli entlassen hatte; denn er sagte: »Heut hättst dir mit leichter Müh den schönsten Buschen Edelweiß verdienen können, wenn dem Pauli, wie er gangen is, ein gutmütigs Wörtl geben hättst. Er hat ihn schon im Rucksack ghabt. Aber freilich ...«

»Laß mir mein Ruh!« unterbrach ihn das Mädchen. »Und fang net wieder von dem Leimsieder an! Du kannst viel zu mir sagen ... wenn du aber sonst nix z'reden weißt, nachher kannst mich fuchtig machen.«

»Ich tu's doch net, um dich z'ärgern«, fiel Lehnl beschwichtigend ein, »ich tu's ja nur, weil ich dir's gut mein'!«

»Was du net sagst!« lautete die halb spöttische, halb verdrossene Antwort.

Lehnl tat ein paar tiefe Züge aus seiner Pfeife. »Schau ...« abermals ein tiefer Zug, »gestern, wie dem Muckl sein Vater um dich anghalten hat, is mir völlig angst worden, du könntest Ja sagen. Der Muckl is ein guter Kerl, das heißt, wenn er mag ... aber wenn du ihn auch gern ghabt hättst, ihr zwei hätts doch net zammpaßt! Er is ein Mensch, der 's Leben nimmt, wie d' Sennerin den Rahm ... von oben weg. Bei dir is die Gschicht ganz anders. Und zwei Leut, die im Verstand verschieden sind, die passen niemals net zamm. Der einzige ... nimm mir's net übel, daß ich halt wieder davon anfang ... der einzige, der in solcher Art zu dir paßt, das is und bleibt der Pauli.« Vertraulich rückte Lehnl näher und schmiegte sich an die Schulter des Mädchens. Seine Pfeife schien er ganz vergessen zu haben, als er fortfuhr: »Schau, Loni, du mußt bloß denken, wen du auf der Welt noch hast. Deine Pflegemutter liegt schon unter'm Boden, und dein Pflegvater is auch schon ein alter Heiter ... ich will gwiß nix brufen ...« so unterbrach er sich, als er sah, daß die Lippen des Mädchens leise zu zittern begannen, »ich will gwiß nix berufen, aber schau, mein liebs Madl, man weiß halt doch net, was heut oder morgen gschehen kann.«

Loni hatte die Hände in ihrem Schoße liegen; nun fuhr sie sich rasch mit dem Arm über die Stirne, und ihre Stimme klang gepreßt: Was gaukelst jetzt da so lang umeinand im Nebel? Sag doch kurz: du hast kein Menschen auf der Welt, von dem du sagen könntest, er ghört zu dir und du zu ihm. Schau, Lehnl ...« die Härte in ihrer Stimme milderte sich, »ich hab selber schon öfters über den Pauli nachdenkt. Und wenn's mir dann in Sinn kommt, wie verlassen ich auf der Welt bin, da tut's mir wohl, wenn ich mir sagen kann, es gibt ein Menschen, von dem ich weiß, ich bin sein ganz Denken, ich bin sein Alles. Aber wenn ich nachher den Pauli wieder anschau, wie er is und wie er tut, so muß ich mir wieder sagen, ich *kann* ihn net mögen, ich *kann* halt net.«

»Wann ihn nur *ich* heiraten könnt!« seufzte Lehnl in einem leisen Anlauf von Scherz, als begänne ihm das Gespräch zu ernst zu werden.

Loni aber hatte diesen Einwurf ganz überhört. »Mein Pflegvater hat gwiß viel für mich tan«, sprach sie weiter, »ich hab ihn auch ganz gern. Aber die rechte Lieb, wie man s' zu eim Vatern haben soll, is das halt doch net. Wenn ich mir das alles sag«, tief atmend preßte Loni die Hände auf ihre Brust, »dann spür ich's recht schwer, daß ich kein Menschen hab auf der Welt, den ich so recht von Herzen lieb haben kann, und wo ich auch wüßt, warum. Schau, in eim solchen Augenblick, da steigt's mir heiß auf, und ich kann die Stund nur verfluchen, in der meine rechten Eltern mich der Gnad und Barmherzigkeit fremder Leut überlassen haben.«

Loni war aufgesprungen und drückte den Arm mit geballter Faust über die Augen.

Als Lehnl sie um die Hüfte faßte und sanft wieder auf die Bank niederzog, fühlte sie, wie die Hände des Alten zitterten. »Weißt denn auch gwiß«, so fragte er mit einer Stimme, die das Mädchen erstaunt aufblicken machte, »weißt denn auch gwiß, ob's keine Sünd is, wenn du so von deine Eltern redst?«

»Schau, Lehnl … in meim Herzen, da is mir's grad, als wär ein Kammerl drin, das mir unser Herrgott ganz extra für d' Eltern gschaffen hat. Und wie weh mir's tut, daß die Kammer leer blieben is, das kann ich keim Menschen net sagen. Ich hab keine Eltern und hab doch ein Herz dafür, und mir will's net in Sinn, daß es Leut geben soll, die ein Kind haben und keine Liebe dazu, die's weggeben können in Gleichmut oder gar in Haß!«

Der Alte, vor dem das Mädchen so ihr Innerstes ausschüttete, mußte ein tiefes, mitfühlendes Herz besitzen; denn seine Stimme war ganz zerdrückt, als er fragte: »Wer sagt dir denn für gwiß, daß alles so is?«

»Wie könnt's denn anders sein?« fuhr Loni auf. Dann sank sie wieder in sich zusammen und nickte. »O ja … eins könnt ich mir noch denken: daß ich eine Mutter ghabt hab, die mich weggelegt hat aus Angst vor der Schand, daß sie Mutter worden is. O hätt s' mich bhalten! Meine Lieb hätt ihr müssen alles vergessen lassen, die Treulosigkeit von ihrem Schatz und 's Achselzucken von die andern Menschen!«

Loni verstummte und vergrub ihr Gesicht an Lehnls Schulter, der plötzlich von einer sonderbaren Neugier erfaßt wurde, wie es um die Glut in seiner Pfeife stünde; denn er begann zu ziehen, zu blasen und mit dem Daumen in der Asche zu kratzen. Freilich, wäre es heller Tag gewesen, so hätte man mit dieser gleichgültigen Beschäftigung die schwere Träne wenig in Einklang bringen können, die ihm langsam über die braune, faltige Wange rollte.

»Sag einmal, Madl«, sprach er Loni an, und ein tiefer Ernst klang durch seine Worte, »sag einmal, wie's kommt, daß du, wenn du von deine Leut redst, bloß allweil die schlechten Seiten aufführst und nie eine gute?«

Ohne den Kopf von Lehnls Schulter zu erheben, fragte sie leise: »Wüßtest du da eine z'finden?«

»O ja! ... Denk einmal, sie hätten Unglück ghabt und wären so recht im Elend gsteckt, daß gar net gwußt hätten, wie sie sich von einm Tag auf den andern durchbringen sollen. Kannst dir jetzt gar net denken, daß deine Leut dich grad deswegen, weil s' dich so gern ghabt, fortgeben haben unter Kummer und Herzleid, bloß damit's dir besser geben sollt im Leben?«

»Jetzt so eine Lieb, die will mir net recht in Kopf! Ich mein', d' Lieb müßt bsitzen, d' Lieb müßt haben ... man sagt doch net umsonst: lieb *haben*!« In heißer Leidenschaftlichkeit lösten sich diese Worte von den Lippen des Mädchens. Wie in unbewußtem Drange hatte sie den Arm um den Hals des Alten geschlungen, und als nun ein breiter Strahl des Mondes, der durch eine Lücke der hüllenden Wolken niedergeflossen war, die beiden mit seinem milden Lichte übergoß, da leuchteten Lonis Augen in hellem Feuer, und aus ihren Zügen sprach die dürstende Sehnsucht nach dem Besitz eines Wesens, das sie in treuer Liebe umschlingen könnte.

»O mein Deandl, Lieb und Lieb is zweierlei.« Ein tiefer, stockender Seufzer hob Lehnls Brust. »Schau, Loni, es gibt auf der Welt gar verschiedene Lieben. Aber die richtigste und die wahrste is halt doch bloß d' Elternlieb, weil sie die einzige is, die allweil gibt und niemals nimmt und nehmen will. Ein Bub, wenn er dich noch so gern hat, wenn er sich dir ganz z'eigen gibt, warum tut er's? ... Narr ... weil er dich dafür will. Aber was kann ein Kind seim Vatern oder seiner Mutter geben? Wenn's brav is, haben die alten Leut ihr Freud, es is schon wahr ... wenn 's Kind die alten Leut recht lieb hat, wenn sie s' hegt und pflegt, wie's im vierten Gebot steht, es tut ihnen wohl … aber 's Rechte und 's Ganze is das noch allweil net. Die größte Freud, die man an Kindern erleben kann, das is, wenn s' glücklich werden. 's Glück von die Kinder is d' Seligkeit von die Eltern.«

Mit großen, verwunderten Augen blickte Loni auf den Alten. »Aber Lehnl?« sagte sie langsam, jedes Wort betonend. »Ich schau nur grad und frag mich, wo bei dir das alles herkommt? So kann ein Mensch net reden von der Lieb, wenn er s' net selber gspürt hat.«

»No mein, freilich hab ich's gspürt!«

»'s erste Wörtl, seit ich dich kenn!«

»Was hätt ich für ein Grund ghabt zum Reden?« Das klang ausweichend – und mit umflorten Augen blickte Lehnl in die graue Dämmerung hinaus.

»Wenn auch sonst kein«, drang Loni schmeichelnd in den Alten, »nachher doch wenigstens den Grund, den *ich* hab, wenn ich dir mein Herz ausschütt … daß mir leichter wird.«

»Du mein Gott, was wär auch am End an der Gschicht zu erzählen? So ebbes gschieht alle Tag!« Ein paar Sekunden schwieg der Alte, dann begann er zu erzählen. Stoßweise kam es hervor, Wort für Wort; dem Klang der Stimme merkte man's an, wie tief das alles, was sie sagte, jahrelang begraben war in einer verschlossenen, schmerzgewohnten Brust. »Gern haben wir uns ghabt … 's Madl und ich … aber ghabt haben wir nix … drum haben's dem Deandl seine Leut auch net zuglassen, daß wir Hochzeit gmacht haben. 's Madl war ein folgsams Kind, so haben wir halt gwart, bis die Alten gstorben sind. Es hat ein bißl lang dauert! Ich war schon in die Vierzig und 's Madl net weit vom Dreißiger. In der Früh sind wir kopuliert worden, und am Nachmittag bin ich holzen gangen und mein jungs Weib auf d' Alm. Aber wir haben uns gern ghabt und waren z'frieden, wenn's gleich oft kommen is, daß wir bloß über den andern Tag warm gessen haben. Zur richtigen Zeit war auch 's Kind da. Jetzt hat 's Unglück angfangt. Mein Weib hat sich nimmer erholt, und net lang hat's dauert, da hat man's eingraben.« Der Alte fuhr sich mit dem Rücken der Hand über die Augen; dann sprach er hastig weiter. »Mich hat's an dem Ort nimmer glitten … von Arbeiten war kein Red mehr … jeden Tag hat's mich ans Grab trieben … und ich hab doch was verdienen müssen, schau, schon wegen dem Kind. Vielleicht wird's besser, hab ich mir denkt, wann ich anderswo bin … und so bin ich halt einmal fort, 's war ein eisig kalter Wintertag … 's Kleine am Arm … da bin ich in d' Nacht eini kommen … 's Kind hat 's Wimmern angfangt, daß ich gmeint hab, es zerreißt mir 's Herz ... meine eigenen Kräft haben mich verlassen ... und ... wie's wieder Morgen worden is, hab ich kein Kind mehr ghabt!« Lehnls Stimme verlor sich in einem schweren Schluchzen, und es sank ihm der Kopf in die Hände.

Regungslos hatte Loni der Erzählung gelauscht, und ihre Augen waren feucht, als sie mit leiser Stimme fragte: »Dein Kindl is gstorben in der Nacht?«

Ein Schauer überlief den Alten. »Gstorben ... ja ... gstorben!« murmelte er dumpf in die Hände, während ihm die Tränen durch die Finger rieselten.

»Arms Würmerl!« seufzte Loni und strich dem Alten mit linder Hand über das weiße Haar. Plötzlich sprang sie auf. »Lehnl! Aus jedem Wort, was du da gredt hast, hört man den Kummer und den Schmerz um deine verlorenen Lieben. Und wenn ich bedenk, wie lieb und gut du zu *mir* schon bist, wie gern mußt du erst dein eigenes Kindl ghabt haben? Lehnl ... sag mir: hättest *du* dein Kind weggeben können, so wie's meine Eltern mit mir gmacht haben? Sag Ja ... und ich kann vielleicht den Groll und den Haß gegen meine Eltern ersticken, der mir so schwer am Herzen liegt!«

»Madl ... das is eine schwere Frag!« klang Lehnls zögernde Antwort. »Ich kann net Na sagen und will's auch net. Aber eins weiß ich gwiß: wann ich in jener Nacht mein Kind unserm Herrgott anvertraut und braven Leuten vor die Tür glegt hätt ... und wenn ich's auch net haben könnt und dürft net zu ihm sagen: *mein* Kind ... es wär ein Trost für mich, wann ich wüßt, daß es jetzt besser dran is, als wie's es je bei mir hätt haben können!«

»Ich dank dir, Lehnl, für das Wort!« sagte Loni tief atmend und streckte dem Alten die beiden Hände hin.

Lehnl hatte sich erhoben, die Hände des Mädchens ergriffen, und als er nun sprach, blickte er ernst in Lonis tränenfeuchte Augen. »Wenn's dich trösten kann, soll mir's wohltun. Jetzt sag ich dir halt gut Nacht ... und wenn du dich niederlegst und kannst net gleich einschlafen, so denk halt ein bißl nach über das, was ich dir gsagt hab. Gut Nacht.«

Langsam wandte er sich ab, schritt auf die Tür des Schuppens zu und verschwand, um sich im Heu ein Lager zu suchen.

»Gut Nacht, Lehnl!« rief ihm Loni nach. Aber das hörte er nimmer.

6

Mit dem Rücken an den Zaun gelehnt, der die Hütte umzog, und die beiden Arme auf die rauhe Stange gestützt, so stand Loni mit gesenktem Kopf und hing ihren Gedanken nach. Lehnl war ihr schon immer lieb gewesen. Seit sie aber jetzt wußte, daß er ebenso verlassen und allein in der Welt stand, wie sie selbst, seitdem war es ihr, als hätte ein unsichtbares Band ihre Herzen noch näher aneinander geschlossen. Wie kühlender Tau waren die Worte des Alten auf ihr heißes, unruhiges Herz gefallen, und sie fühlte sich jetzt so leicht und ruhig wie noch nie. Fast fremd standen ihr die bitteren Gedanken des Hasses und des Vorwurfs gegenüber, die sie in verschlossener Brust gegen ihr herbes, durch die eigenen Eltern verschuldetes Schicksal genährt hatte. Und sie fühlte sich fast überzeugt, daß all dies dunkel Vergangene genau so gewesen sein müßte, wie es ihr Lehnl als möglich dargestellt hatte; und statt mit ziellosen Vorwürfen das gequälte Herz zu betäuben, fing sie an, das Schicksal ihrer Eltern zu betrauern und zu beklagen. Freilich machte sich auch der Gedanke geltend, daß an den Tatsachen selbst sich wenig ändere, wenn nicht herzlose Gleichgültigkeit, sondern Unglück und Liebe sie in die Hände fremder Leute gelegt hätten.

Loni richtete sich auf. »In Gottsnamen«, seufzte sie, »unser Herrgott wird wissen, wie's gwesen is, und wird schon alles recht machen.« Dann trat sie in die Hütte.

Hinter dem kleinen Fenster der Almstube schimmerte ein matter Lichtschein auf.

Längst hatte der Mond sich wieder hinter den Wolken verborgen. Ein kühler Nachthauch zog vom Tal herauf und machte die Wipfel der schwarzen Tannen schwanken; doch so leise klang ihr Rauschen, daß es die knisternden Tritte nicht zu übertönen vermochte, die sich vom Waldsaum hören ließen. Vorsichtig trat neben dem Brunnen eine dunkle Gestalt aus dem Gebüsche, lautlos schlich sie über den Hügel zur Hütte hinauf und näherte sich vorsichtig der Bank unter dem Fenster. Da bewegte sich das Licht, und ein voller Strahl fiel auf das Gesicht des späten Besuchers. Es war Muckl.

Nun saß er auf der Bank, die Wange an die Wand gedrückt, und blickte durch die erleuchteten Scheiben. Was er sah, machte einen eigentümlichen Eindruck auf ihn. Vor dem Tische, über dem ein kleines Kruzifix an der Wand befestigt war, kniete Loni mit gefalteten Händen und betete. Dann erhob sie sich, schritt ihrer Lagerstätte zu und begann das Mieder aufzuschnüren. Fast bis an die Scheiben rückte Muckl sein Gesicht, auf die Gefahr hin, von innen erblickt zu werden. Plötzlich fuhr er zurück – Loni war zum Tisch gegangen, und gleich darauf erlosch das Licht. »Da hast den Teufel!« zischte es ärgerlich durch die Zähne des Burschen. Unschlüssig saß er und überlegte, was er tun sollte. Minute um Minute verrann. Eben wollte Muckl die Hand erheben, um an das Fenster zu klopfen, als er die Türe des Schuppens knarren hörte.

»Loni?« klang gedämpft die Stimme Lehnls. »Sie wird schon schlafen!« murmelte der Alte vor sich hin, als er keine Antwort erhielt. Er hatte weder Ruhe noch Schlaf finden können. Dazu war ihm die Hitze, die auf dem Heuboden herrschte, unerträglich geworden, und so kam er nun heraus, um in der kühlen Nachtluft Erfrischung zu finden.

Muckl war beim ersten Geräusch, das er vernommen, von der Bank aufgesprungen. Eng an die Wand gedrückt, hatte er sich Schritt für Schritt gegen die Ecke der Hütte fortgeschlichen. Plötzlich stieß er mit dem Fuß gegen ein am Boden liegendes Brett.

»Halt!« fuhr Lehnl auf, der zur Bank gegangen war. »Was is denn? Was rührt sich da?«

Im gleichen Augenblick, als Muckl über den Hügel hinunterschleichen wollte, hatte Lehnl ihn trotz der Dunkelheit erblickt. Mit einem wilden Satze sprang der Alte auf den Burschen los und bekam ihn an der Joppe zu fassen. »Wart, ich will dir …« Aber seine Stimme erlosch in einem dumpfen Röcheln, denn Muckl hatte beide Hände um die Kehle des Alten geschlungen, und Brust an Brust drängte er ihn über den Hügel hinunter gegen den Brunnen. »Auslassen … oder …« zischte er dem Alten zu, der den heißen Atem des Burschen auf seiner Wange fühlte.

»Die Stimm sollt ich ja kennen!« keuchte Lehnl, während er die

Arme noch fester um Muckls Hüften klammerte. »Was willst du …
da heroben … Muckl!

Jähe Wut befiel den Burschen, als er sich erkannt wußte. »Jetzt
will ich nur sehen, ob du net … auslaßt!« Bei diesem Worte schleu-
derte er mit dem Aufgebot all seiner Kraft den Alten von sich. Ein
paar Schritte taumelte Lehnl zurück, und niederstürzend schlug er
in voller Wucht mit dem Kopfe gegen den scharfkantigen Brunnentrog. Ein mattes Röcheln, und alles war still. Muckl stand atemlos,
und die Angst stieg ihm bis in die Kehle, als er sah, was geschehen
war – gegen seinen Willen. Er hatte ja nichts anderes wollen, als sich
freimachen von Lehnls Händen. »Herrgott, was hab ich angfangt!«
stieß er hervor. Mit zögernden Schritten ging er auf den leblos Da-
liegenden zu und beugte sich zu ihm nieder. »Lehnl … Lehnl!« rief
er leise und rüttelte ihn am Arm. Plötzlich richtete er sich auf und
lauschte – hastige Schritte klangen aus dem Gehölz. »Verflucht! Da
führt der Teufel noch wen daher.« Mit ein paar Sätzen war Muckl
im Gebüsch verschwunden. Kaum hatten sich die Zweige hinter ihm
geschlossen, als die Wolken den Mond wieder freigaben.

Unter den Bäumen, dicht am Aufstieg zur Hütte, stand Pauli, in
der einen Hand den Bergstock, in der andern einen dicken Strauß
von Edelweiß.

Mit banger Sorge blickte er um sich. »Da hat's was geben!« murmelte er. »Es wird doch der Loni nix gschehen sein!« Noch ein paar
Schritte, und er sah den Lehnl in seinem Blute liegen. »Jesus Maria!« Mit diesem Ausruf sprang er auf den Alten zu, Bergstock und
Strauß entsanken seiner Hand, und im gleichen Augenblick lag er
auch schon auf den Knien vor Lehnl. »Um Gottes willen, was is denn
gschehen! … Lehnl, du lieber Herrgott … Lehnl … komm doch zu
dir!« Zitternd schob Pauli den einen Arm unter Lehnls Kopf, riß
sich mit der andern Hand das Halstuch herunter, tauchte es in den
Brunnen und drückte es auf Lehnls blutende Stirne.

Ein tiefer, stockender Seufzer machte die Lippen des Alten zittern.
Seine Hand erhob sich und griff nach der Brust. Langsam öffneten
sich die Augen, und während er starr in das Gesicht des Burschen
blickte, fragte er mit matter Stimme: »Was is denn … wo … bin ich
denn?«

»Auf der Weglalm … und ich bin bei dir … der Pauli!«

»Der Pauli!« Die Hand auf die Erde stützend, richtete sich Lehnl
auf und schlang den Arm um Paulis Hals. »Und du kommst heut
noch da rauf? Da hat unser Herrgott ein Wunder gwirkt.«

»So ein Wunder bringt d' Lieb auch noch fertig! Da braucht man grad kein Herrgott. Aber red ... was is denn mit dir? Du bist ja voller Blut!« Pauli stützte den Alten und ließ ihn neben dem Brunnen auf die Holzbank nieder. »Um Gottes willen ... ganz voller Blut bist!«

»Macht nix ... macht nix«, flüsterte Lehnl mit matter Stimme, »wenn's gleich der letzte Tropfen wär! Ich sag nur dem Himmel Vergeltsgott, daß ich am Platz gwesen bin. Dem Madl war's schlecht vermeint!«

»Wieso?« fuhr Pauli auf, der das blutgetränkte Tuch in den Brunnen tauchte.

»Der Muckl war da ... ich hab ihn recht wohl kennt! Und was er wollen hat, das wirst dir denken können. Aber was ich heut von dem Madl abgwendt hab, das kann ihr morgen zustoßen. Wer weiß, ob ich die Nacht noch überleb ... die Angst druckt mit fast 's Herz ab!« Zitternd klammerte sich Lehnl an Pauli, der ihm das feuchte Tuch um die Stirne gebunden hatte. »Pauli ... ich kenn dich als den, der an der Loni hängt mit Leib und Seel! Wer weiß, was mit mir gschieht ... nachher steht das arme Madl allein auf der Welt. Bei allem, was dir heilig sein kann ...« und in einem Fieber von Angst schlang Lehnl beide Arme um Paulis Hals, »ich bitt dich ... sei du ein Schutz und eine Hilf für mein armes Kind!«

Starr blickte Pauli in Lehnls weitgeöffnete Augen. »Dein Kind?«

»Jesus Maria!« Stöhnend sank der Alte auf die Bank zurück und barg das Gesicht in den Händen. »Meine Angst und Sorg hat verraten, was ich so lange schwere Jahre verschwiegen mit mir umtragen hab! Ja, Pauli ... d' Loni is mein Kind. Trag's ihr net nach, daß sie mich zum Vater hat, versprich mir's ...«

»Alles, alles, was du willst!« fiel Pauli beschwichtigend ein. »Sei nur jetzt grad stad! Schau, 's Reden könnt dir leicht schaden. Setz dich da her aufs Bankl, ich weck derweil d' Loni.«

»Na, na!« fuhr Lehnl auf. »Tu's net! Sie könnt erschrecken, wann s' mich so sehen tät!«

»Wie d' meinst, daß 's besser is! Probieren wir's, vielleicht kommen wir nunter.«

»'s beste is, du laßt mich da sitzen!« bettelte der Alte. »Wenn ich fortging, ich könnt ja doch net sein vor lauter Angst um das Madl!«

»Na, Lehnl, das geht net!« erwiderte Pauli ernst. »Jetzt folgst mir und gehst mit mir runter in d' Holzerhütten. Dort breit ich dich recht gut eini, und wenn du dich erholt hast, geh ich wieder rauf ... daß dich net sorgen mußt ... und setz mich daher, bis Tag wird.« Pauli hob den Bergstock und die Blumen vom Boden auf. Als er im

Mondlicht den Strauß betrachtete, sah er dunkle Flecken an den weißen Blütensternen. »Arms Sträußerl! Bist auch blutig worden? Und ich hab mich so viel plagt um dich! Nimm ich dich halt wieder mit! Und wenn je in mir der Mißmut aufsteigen sollt gegen 's Madl ... nachher sollen mich die Blümerln mahnen an die jetzige Stund.« Er wandte sich zu Lehnl. »Komm, häng dich ein in mich!« Sorgsam legte er den Arm um den Alten, und mit dem Bergstock fest ausholend und jeden Schritt stützend, führte er den Wankenden dem Gehölz zu.

Kaum waren die beiden unter dem Schatten der ersten Bäume verschwunden, da trat Muckl wieder aus dem Gebüsch und blickte ihnen nach. Als er vor Pauli geflohen war, hatte ihn die Angst und die Sorge um Lehnl nicht weit kommen lassen; er war zurückgeschlichen und hatte deutlich jedes Wort vernommen, das zwischen den beiden gesprochen wurde. Die Tochter des von der Gemeinde erhaltenen Pechlerlehnls hatte für den Sohn des reichen Rötelbachbauern wenig Interesse mehr. Mit langen Schritten eilte Muckl über die Lichtung vor der Hütte und stieg geraden Weges durch den Wald hinunter, dem Dorfe zu.

Für Lehnl und Pauli war inzwischen der Weg nach der fast eine Viertelstunde tieferliegenden Holzerhütte eine schwere Mühe. Den Alten mehr tragend als stützend, mußte Pauli auf dem finsteren Pfad jede Wurzel, jeden Stein und jede Stufe mit dem Fuße vorausfühlen, um Lehnl darauf aufmerksam machen zu können. Endlich war's überstanden. Pauli weckte den Holzknecht, der in der Hütte übernachtete und bereitwillig seine Liegerstatt an Lehnl abtrat. Frisches Moos wurde herbeigebracht, um das Lager weicher zu machen. Als Lehnl gebettet lag, von einer dicken wollenen Decke umhüllt, nahm er Paulis Hand, zog ihn zu sich nieder und flüsterte ihm ein paar leise Worte ins Ohr.

»Soll ich net lieber warten, bis du eingeschlafen bist?« fragte Pauli mit gedämpfter Stimme. Lehnl schüttelte den Kopf und blickte bittend zu dem Burschen auf. Sanft drückte ihm Pauli die Hand, dann nahm er den Holzknecht beiseite und verließ mit ihm die Hütte. »Er hat was verloren«, flüsterte er draußen dem Knecht zu, »und ich soll's ihm wieder suchen. Wann jetzt ein guts Werk tun willst, so richt eine Tragbahren zamm, bis ich wieder komm. Magst?«

»Is recht!« war die Antwort. Und Pauli rannte in die mondhelle Nacht hinaus.

Als er Lonis Hütte erreicht hatte, blieb er lauschend stehen; dann schritt er auf den Brunnen zu und ließ sich auf die Bank nieder.

Der Tau der Nacht fiel auf Paulis Haar und Schultern; er schien es nicht zu merken; ohne sich zu regen, saß er da; nur einmal tauchte er die Hand in den Brunnen und kühlte die Stirne.

Als der Morgen dämmerte und das erste leise Frührot über die Spitzen der Berge herabglitt, erhob sich Pauli und stieg zur Holzerhütte hinunter.

Bei Lehnl hatte sich mit Schüttelfrost das Wundfieber eingestellt. Mit Hilfe des Holzknechtes legte ihn Pauli auf die Reisigbahre, und so trugen sie ihn bis vor das kleine Haus, in dem der Herrgottschnitzer seine Werkstätte aufgeschlagen hatte.

7

Wieder war es Abend geworden. Wenn auch die Straßen und die weißen Häuser noch im roten Glanz der sinkenden Sonne lagen, so herrschte doch in Paulis Stübchen schon tiefes Dunkel; die kleinen grünen Fensterläden, welche die Nacht über geschlossen waren, hatten sich auch während des ganzen Tages nicht geöffnet. Durch die Ritzen stahl sich noch ein letzter Schimmer des scheidenden Abends in das dunkle Stübchen. Wie goldfunkelnde Leuchtfäden lag es auf der finsteren Wand, und in dünnen flimmernden Streifen zog das Licht von ihnen aus durch den kleinen stillen Raum, zitterte um ein gebeugtes Haupt und legte sich mit rotem Schimmer auf die grob geblümte Bettdecke und auf ein bleiches Gesicht, das in den schweren, dem Druck widerstrebenden Kissen lag.

So still war es in dem Stübchen, daß man das leise Ticken einer Taschenuhr vernahm, die irgendwo auf dem Tische oder auf einem Fensterbrettchen liegen mußte; dazwischen hörte man von Zeit zu Zeit einen tiefen Atemzug und manchmal auch ein mattes Rascheln, wie wenn eine Hand über steifes Leinen gleitet. Nur von außen wurde diese Stille in langen Zwischenräumen gestört, wenn von dem Tanzboden des Wirtshauses die gedämpften Weisen herüber klangen. Da drüben wurde ja heute Hochzeit gehalten.

Wieder einmal setzten die Töne eines Ländlers ein, als sich in dem Stübchen eine Gestalt von dem Stuhl zur Seite des Bettes erhob und mit leisen Tritten zum Fenster glitt. Es war Pauli, der die Taschenuhr, die er aufgenommen hatte, an jenen Spalt des Fensterladens hob, durch den das meiste Licht eindrang. Dann ging er wieder zurück, beugte sich über den Kranken und flüsterte: »Lehnl ... Lehnl!«

»Was is?« klang mit schwacher Stimme die Antwort.

»Die Stund is gar, einnehmen mußt.«

»So gib halt her!«

Man hörte das matte Schnalzen eines aufgehenden Korkes, das leise Klingen des mit dem Löffel berührten Glases – dann sank der Kranke schwer in die Kissen zurück, und alles war wieder still.

Die ungestörte Ruhe während des ganzen Tages und das besänftigende Medikament, das der in aller Frühe aus Ammergau herbeigeholte Doktor verordnet hatte, waren für Lehnls Befinden von der besten Wirkung gewesen. Seine gesunde, trotz der hohen Jahre noch kräftige Natur hatte auch das ihrige getan, und so war es gekommen, daß sich Lehnl gegen Abend wohler befand, als man des Morgens nach seiner schweren Kopfwunde hätte hoffen können. Außer dem Holzknechte, den Pauli in der Frühe um den Doktor geschickt hatte, wußte im Dorf noch niemand etwas von dem Vorfall. Muckl hatte guten Grund, nicht davon zu reden, und wenn Pauli nicht gesprochen und niemand zur Hilfeleistung herbeigezogen hatte, so war es auf die Bitte Lehnls geschehen, den die Sorge quälte, die Leute möchten von dem einen aufs andere kommen und so sein sorgsam gehütetes Geheimnis in Gefahr bringen oder zum mindesten den guten Ruf seines Kindes. Daß Pauli dieser Bitte Folge geleistet, hatte viel zu Lehnls Beruhigung beigetragen. Nun lag er mit geschlossenen Augen und lauschte den vom Wirtshaus herüberklingenden Weisen.

Die spärlichen Lichter, die durch die Spalten der Fensterläden in das Stübchen fielen, wurden immer blässer und blässer, bis sie endlich ganz erloschen.

Lehnls Hand, die ruhig auf der Decke gelegen, hob sich und tastete nach Paulis Arm.

»Bub!« flüsterte der Kranke, ohne den verbundenen Kopf zu regen.

»Was magst?« fragte Pauli und beugte sich nieder.

»Hörst es?« Er meinte die herüberklingende Musik. »Möchtest leicht ein bißl ummi? Gelt?«

»Was fallt dir ein! Ich werd dich doch net allein lassen, in deim Zustand!«

»Die Loni möcht sich aber sorgen um mich ... könntest ihr schon ein Wörtl sagen: mir wär net recht gut ... oder was sonst sagen magst. Aber mach's net arg!«

»Na, na! Ich kann doch net weg gehen!«

»Wann ich aber schlafet?«

»Nachher vielleicht.«

»Net vielleicht … versprich mir's … gwiß!«

»Ja … ja … sei nur stad und streng dich net z'arg an!«

Es dauerte kaum ein paar Minuten, so fing Lehnl leise zu schnarchen an. Pauli wußte wohl, daß der Alte so rasch nicht eingeschlafen sein konnte, aber er hielt es für gut, auf den Wunsch des Kranken einzugehen. Sein eigenes Herz sprach ihm wohl auch ein wenig zu, und so erhob er sich denn, zog geräuschlos seine Feiertagsjoppe an und ging.

Als Pauli, von Bekannten und Freunden angesprochen und aufgehalten, endlich die schmale Treppe, die zu dem im ersten Stocke des Wirtshauses gelegenen Tanzboden führte, hinter sich hatte und auf die offene Türe zutrat, war gerade ein Tanz zu Ende. Plaudernd, lärmend und jauchzend umschritten die einzelnen Paare den niederen Saal, um sich an die gedeckten Tische zu verlieren, die in dem anstoßenden Zimmer durch einen breiten Wanddurchbruch sichtbar waren.

»So schick dich!« hörte Pauli Lonis helle Stimme von der Treppe her; und gleich darauf erschien sie auf der obersten Stufe. Das Mädchen sah reizend aus in dem Sonntagsstaat mit dem geblümten seidenen Röckchen und dem schwarzen Miederchen, an dem das silberne Schnürzeug prunkte und die alten Schaumünzen klirrten und klingelten. Wie eine dunkle Krone saß die glanzhaarige Bibermütze über ihren braunen Flechten, und der großmütig stolze Gruß, mit dem sie jetzt an Pauli vorüber in den Tanzsaal schritt, hätte auch einer gekrönten Fürstin Ehre gemacht. Ihr auf dem Fuße folgte Loisl, einen mächtigen, mit Wasser gefüllten Blechtrichter in der Hand, dessen untere Öffnung er sorgfältig mit dem Finger zugedrückt hielt. Als die beiden eingetreten waren, hörte Pauli das Mädchen zu Loisl sagen: »So, jetzt spritz, aber ordentlich!« Er sah auch noch, wie der Geißbub anfing, mit dem aus dem Trichter fließenden dünnen Wasserstrahl die wunderlichsten Arabesken auf den staubigen Fußboden zu zeichnen; dann wandte er sich, schritt über den Gang zurück und trat durch die hintere Tür in die Gaststube, um die Brautleute zu begrüßen.

Loni sah ein paar Sekunden noch den Spritzkünsten des Geißbuben zu und wollte dann ebenfalls in die Gaststube eintreten, als Muckl ihr entgegenkam und sie aufhielt. Am frühen Morgen schon war der Bursche einigemal lauernd an Paulis Häuschen vorübergeschlichen, hatte wohl bemerkt, daß die Fensterläden geschlossen blieben, und hatte auch den herbeigeholten Doktor eintreten sehen; so trieb ihn nun eine leise Angst, zu versuchen, ob er vielleicht von Loni etwas Näheres über Lehnls Befinden erfahren könnte.

»Hast du vielleicht was ghört, wie 's dem Lehnl geht?« sprach er das Mädchen an.

»Wie's ihm geht? Ja fehlt ihm denn was?« war Lonis verwunderte Frage. Hätte sie nur dem Burschen mit etwas weniger Unbefangenheit ins Gesicht geblickt, so würde ihr die Verlegenheit nicht entgangen sein, die ihm bei diesen Worten rot über die Stirne fuhr.

»Ja … das heißt … ich weiß net«, gab er stockend zur Antwort, »ich hab nur so was läuten hören, als ob er gfallen wär und hätt sich am Kopf oder am Arm aufgschlagen.«

»Du machst mir ja völlig angst!«

»Der Pauli soll ihn gfunden und heimbracht haben.«

»Siehst es, siehst es, hab ich mir doch heut früh gleich denkt, es müßt was gschehen sein! Weißt, der Lehnl is mit mir gestern auf d' Alm gangen und über Nacht droben blieben. Heut in der Früh schrei ich ihm … schrei allweil, krieg aber kein Antwort … und wie ich nach seiner Liegerstatt schau, is er nimmer da.«

»Geh weiter?« gab Muckl mit gut gespielter Verwunderung zurück. »Aber wie gsagt, ich kann dir gar nix Bestimmts net sagen.«

»Da muß ich ja doch gleich nach dem Pauli schaun … grad is er noch unter der Tür gstanden!« Loni ließ den Burschen stehen, der ihr lächelnd nachblickte, einen halblauten kurzen Pfiff tat und sich auf dem Absatz gegen die Tür der Gaststube drehte. Doch als er die Schwelle überschreiten wollte, trat ihm Pauli in den Weg.

»Halt, Muckl, ich hab ein Wörtl z'reden mit dir!« Die Blicke, mit denen Pauli diese Worte begleitete, waren gerade nicht die gutmütigsten.

Muckl trat einige Schritte zurück und musterte Paulis Schuhe. »Schau … kommst du gar auch zum Tanz?« fragte er spöttisch. »Ich hätt glaubt, deine Schuh wären noch net trocken … 's is gar feucht gwesen heut nacht auf der Alm.«

Wie ein Blitz kam Pauli der Gedanke, Muckl könnte, verborgen im Gebüsche, alles mit angehört haben, was Lehnl gesprochen hatte. Einen hastigen Schritt machte er gegen den Burschen und faßte ihn mit eisernem Griff am Arm – Muckl mußte eingeschüchtert und zum Schweigen gezwungen werden, sei es auch um den Preis einer Unwahrheit. »Ein einzigs Wörtl, wenn du schnaufst über die heutige Nacht, so bring ich dich aufs Gricht. Der Lehnl liegt bei mir daheim im Sterben, daß du's weißt!«

Muckl erblaßte. Doch sein Gesicht nahm einen trotzigen Ausdruck an. »Was geht denn das mich …«

»Sei stad!« herrschte ihm Pauli zu und ließ seinen Arm fahren, denn er sah, daß Loni aus der Tüte trat und auf ihn zueilte.

»Pauli ... is wahr, was ich über den Lehnl ghört hab?« fragte das Mädchen in Sorge.

»Von wem hast du was ghört?« Und mit großen Augen sah Pauli in Lonis Gesicht.

»Grad vorhin ... vom Muckl.«

Pauli sah sich nach dem Burschen um, der es für geraten gefunden hatte, sich schweigend zu entfernen. »So ... von *dem* hast was ghört!« sagte er langsam. »Aber wie kommst denn nachher dazu, daß du *mich* um den Lehnl fragst?«

»Du hast ihn ja gfunden, hat der Muckl gsagt. Is denn net so?«

»Ja ... ja ... es is schon so ...« gab Pauli zögernd zurück.

»Aber ich möcht nur wissen, wie der Lehnl dazu kommt, daß ihm so was passiert?«

»Ich denk mir halt, er wird in aller Früh aufgstanden sein, um dir ein Buschen z' brocken, damit er dir gleich eine Freud machen könnt, wenn du aufwachst ...«

»Der gute Mensch!«

»Und da wird's halt noch ein bißl finster gwesen sein ... und ja ... no ... und da wird er wohl gfalln sein.«

»Aber wie kommst denn nachher du .. «

»Ich war heut in der Früh schon im Wirtshaus da«, fiel Pauli dem Mädchen hastig ins Wort, »um dir ein Gruß ausz'richten vom Lehnl und dir z'sagen, du sollst kein Angst net haben, und es wär net so arg. Hast es aber so nötig ghabt, daß d' mir sagen hast lassen, du könntst dir net denken, was ich mit dir z'reden hätt. Jetzt weißt es ja, wie's mit dem Lehnl steht.« Damit wandte sich Pauli zum Gehen.

Loni war mit diesem Bescheid nicht zufrieden, sondern faßte den Burschen am Arm und fragte weiter: »Aber wo hast denn du ihn gfunden?«

»Wo ich ihn gfunden hab? ... Ja ... schau, das is doch wohl net so wichtig ... und ...« Pauli wußte nicht mehr, was er sagen sollte; erleichtert atmete er deshalb auf, als ihm ein Zufall zu Hilfe kam. »Jeh ... da schau ... der Lostanzer!« rief er aus und deutete nach der Türe, durch die der Hochzeitlader in den Tanzsaal trat, den reich mit Bändern geschmückten Stab schwingend und umdrängt von der schwatzenden Schar der Mädchen und Burschen. Pauli benützte den Augenblick, um in dem lärmenden Gedränge zu verschwinden. Was kümmerte ihn der Lostanz, der da nach alter Sitte abgehalten werden sollte? Auf das zweifelhafte Vergnügen, mit dem nächstbesten, durch das Los ihm bestimmten Mädchen tanzen zu müssen, verzichtete Pauli gern.

Inzwischen hatte der Hochzeitlader einen schweren Stand. Die Loszettel mußten mit dem Namen der einzelnen Burschen beschrieben werden, von denen jeder zuerst die Gewißheit haben wollte, daß er ja nicht übersehen würde. Das Schreiben ging dem Alten auch nicht leicht von der Hand, und so war er froh, als Muckl sich zum Gehilfen anbot. Die beschriebenen Zettel wurden gerollt und in den Hut des Hochzeitladers geworfen. Dabei drückte Muckl dem Alten heimlich ein gefaltetes Los in die Hand und flüsterte ihm zu: »Da steht dem Pauli sein Namen drauf. Den gibst z'allerletzt der Loni. Es soll dein Schaden net sein.«

Beistimmend zwinkerte der Hochzeitlader mit den Augen, dann nahm er den Hut mit den Zetteln und rief: »Also, her da zum Gspiel! Buben und Deandln! A jeds kommt ans Ziel! Seids alle da?«

»Ja!« schallte es laut im Chorus.

»Franzerl, komm her«, rief der Hochzeitlader einem der Mädchen zu, »mach du den Anfang!«

Das Mädchen zog ein Los aus dem Hut und reichte es dem Alten.

»Also aufpaßt! Erstes Paar: die ehr- und tugendsame Jungfrau Franziska Reindl mit dem hochlöblichen Jüngling Kaspar Hintermeier.«

»Da bin ich schon!« lachte der Bursche, drängte sich durch den Kreis und faßte mit hellem Juhschrei das Mädchen um die Hüften.

So ging es weiter; Paar um Paar wurde ausgelost, bis die Zettel zu Ende waren.

»Halt … halt!« rief plötzlich der Hochzeitlader, als sich der Kreis der Umstehenden schon zerstreuen wollte. »Da hat sich ja gar so ein verfluchts Papierl unters Hutfutter einigschoben!« Geschickt praktizierte er das absichtlich zurückgehaltene Los in den Hut. »Welche von die Deandln hat noch net zogen?«

»Da … d' Loni! Die hat gwiß noch kein Lostanzer!« fiel Muckl ein und zeigte auf das Mädchen, das, mit einer alten Bäuerin plaudernd, eben den Tanzboden betrat.

Der Hochzeitlader schritt auf Loni zu, und der ganze Kreis drängte sich ihm nach. »Ja was is denn, Loni«, rief der lustige Alte das Mädchen an, »du wirst doch beim Spiel kein Ausnahm net machen? Schau, da is grad noch ein Los da!«

»No, so geh her, daß Ruh is!« gab Loni lächelnd zur Antwort, nahm das Los aus dem Hut und reichte es dem Hochzeitlader.

»Jetzt bin ich aber neugierig … so neugierig war ich noch nie!«

rief Muckl, trat an die Seite des Hochzeitladers und blickte ihm über die Schulter, als er das Los aufrollte: »Jeh, der Pauli!« lachte er auf.

»Letztes Paar: die ehrengeachtete Jungfrau Appollonia Höflmeier und der tugendsame Jüngling Paulus Lohner, Herrgottschnitzer von Ammergau!«

Jähe Röte hatte im ersten Augenblick Lonis Gesicht überflogen; dann riß sie dem Hochzeitlader, der die Entscheidung des Loses verkündete, den Zettel aus der Hand, um sich zu überzeugen, ob er wirklich den ihr so leidigen Namen trüge.

»Schau, schau, der Pauli!« kicherte Muckl. »Der muß dir rein von unserm Herrgott aufgesetzt sein, weil er ihn dir sogar beim Lostanz bis auf die Letzt aufhebt.«

»Das is eine abkartete Gschicht!« fuhr Loni auf. »Da tu ich net mit!«

»Wär net zwider!« fiel der Hochzeitlader mit gutgespielter Entrüstung ein. »So wie 's Los fallt, so muß tanzt werden! Das is Gotteswillen!«

Loni zuckte die Schultern und warf die roten Lippen auf. »Da hätt unser Herrgott viel z'tun, wenn er sich um all eure Dummheiten kümmern müßt!«

»Aber wo steckt denn der Pauli?« fragte der Hochzeitlader und blickte suchend im Kreis umher.

»Man wird's ihm wohl sagen lassen müssen«, meinte Muckl, »dem blinden Gockel, was ihm 's Glück für ein Gerstenkörndl ins Maul gsteckt hat. Geh weiter, Loisl, rühr dich!« schnauzte er den Geißbuben an, der sich neugierig herbeigedrängt hatte.

»Befehlen euer Gnaden!« Dazu machte Loisl eine tiefe Verbeugung, wobei er komplimentierend den Blechtrichter abnahm, den er auf seinen Krauskopf gestülpt hatte, und sprang davon, um Pauli zu suchen.

»Mach dir kein Arbeit«, rief ihm Loni nach, »er wird's noch zeitlich gnug erfahren.«

»Du wirst doch net am End Na sagen?« fragte Muckl, und lauernd blickte er dem Mädchen in die Augen.

»Was ich tu, is *mein* Sach!« war die bündige Antwort.

»Das schon«, gab Muckl lächelnd zurück, »aber der Lostanz is ein alter Brauch, und wie sich's trifft, so muß tanzt werden.« Die lebhaftesten Zeichen der Zustimmung von seite der umstehenden Burschen begleiteten diese Worte. »Da täten wir uns ghörig auf die Füß stellen, wenn du ein Ausnahm machen wolltest!«

»Hab ich denn gsagt, daß ich's will?« fuhr Loni auf, und ihr Gesicht rötete sich vor Erregung. »Aber wann ich's wollt, nachher könnt's ihr alle mich net davon abhalten!«

»O ja! Das können wir!« rief ein Bursche aus dem Haufen; und schreiend und protestierend drängte alles auf Loni ein.

Muckl lachte laut hinaus. »Geh, plag dich net, du Feinspinnerin! Man weiß ja doch, daß bald Hochzeit machst mit dem Pauli.«

»Dumms Gschwatz, einfältigs!« gab Loni mit bebender Stimme zurück. »Hab ich vielleicht je ein Grund geben, daß du so daherreden kannst?«

»Am Tag und am Tanzboden vielleicht net«, lautete Muckls spöttische Antwort, »aber wer weiß ... vielleicht bei der Nacht auf der Alm!«

»Muckl!« klang es mit zornigem Aufschrei von den Lippen des Mädchens, das bis in den Hals erblaßt war.

»Deswegen mußt net so auffahren«, erwiderte Muckl mit einer verletzenden Vertraulichkeit, »es is doch so, wie's is! In aller Fruh haben 's ja schon die Spatzen am Dach pfiffen, daß der Pauli heut nacht auf der Weglalm bei dir am Kammerfenster war.«

Dem Mädchen stockte der Atem. »Der Pauli ... an meim ...«

»Da is der Pauli!« klang Loisls Stimme von der Türe her. Und Pauli, dem die Freude über den glücklichen Zufall aus den Augen leuchtete, drängte sich schon durch die Umstehenden. »Ja Loni! Is's denn wahr? Du und ich? Das is ja doch 's reinste Glücksspiel! Eine Freud hab ich, daß ich gleich narrisch werden könnt. Und schamen wirst dich gwiß net müssen mit mir! Denn wenn ich auch 's Tanzen schon lang nimmer trieben hab, verlernt, mein' ich, hab ich's noch allweil net!« Damit streckte er die Arme nach Loni aus, war aber bitter überrascht, als ihn das Mädchen mit harter Faust zurückstieß.

»Ich will dir aber sagen, *was* du verlernt hast«, brach es in heißen Worten von ihren Lippen, »die Rechtschaffenheit von eim braven Burschen ... du falscher, scheinheiliger Mensch, der sich net schämt, ein braves Weiberleut um ihren ehrlichen Namen z'bringen durch seine Schlechtigkeit und Hinterlist!« Ein tiefer, schluchzender Atemzug erschütterte Lonis Brust.

Pauli wußte nicht, wie ihm geschah. Mit weitgeöffneten Augen blickte er sprachlos auf das Mädchen.

»Und drum sag ich dir jetzt: wo *ich* bin, hast du in Zukunft nix mehr z'suchen! Dein Tanz aber ...« mit zitternden Händen zerriß sie das Los und warf dem Burschen die Fetzen vor die Füße, »da hast ihn, den kannst halten, mit wem du willst. Die Loni is von heut an nimmer für dich auf der Welt ... das merkst dir! Und daß du's net vergißt, und daß die Madln alle, wie s' da rumstehen, wissen, wie man mit so eim nixnutzigen Burschen umgeht, so will ich's ihnen zeigen …« Einen hastigen Schritt machte sie auf den Burschen zu. »Du schlechter Mensch!« Und ein brennender Schlag fiel auf Paulis Wange.

Wie flüssiges Feuer stieg dem Burschen das Blut in Wangen und Stirne. Die Adern an Hals und Schläfen schwollen ihm zum Springen, und ein Schauer flog über seine Gestalt. Plötzlich hörte er, wie ihm einer ins Ohr zischelte: »So was wirst du dir doch net gfallen lassen! Vom Pechlerlehnl seiner Tochter!« Es war Muckl – und Pauli wußte nun, wem er diese Schmach zu danken hatte. In der ersten Wallung seines Zornes wollte er sich auf den scheu zurückweichenden Burschen stürzen. Aber wie mit einem Schlage standen alle Erlebnisse der letzten Nacht vor seinen Augen, er hörte das leise Flehen des blutenden, um sein Geheimnis besorgten Alten, und kraftlos sanken ihm die erhobenen Arme nieder.

Da fiel sein Blick auf Loni, die, ohne sich umzublicken, zur Türe ging. Mit ein paar Schritten hatte er das Mädchen eingeholt und zog die Widerstrebende mit unerwehrbarer Gewalt in den Tanzsaal zurück. »Halt, Loni! Net von der Stell, bis ich dir gsagt hab, wozu du mich rausgfordert hast! Wie ich jederzeit zu dir gstanden bin, wie mein Herz an dir ghängt is, das brauch ich dir nimmer z'sagen … wohl aber, daß kein mehr finden wirst auf der Welt, der's so ehrlich mit dir meint, wie ich!«

»Ja, glaubst denn du …« fuhr Loni auf.

»Red net!« schnitt ihr Pauli mit hartem Klang das Wort ab. »Was ich dir jetzt zum sagen hab, is keine Frag und braucht auch kein Antwort. Ich will auch den Grund net wissen, warum du mich gschlagen hast. Denn was man dir auch von mir eingredt hat … und ich weiß auch, *wer* dir's eingredt hat … so weit hättst mich kennen sollen, daß, wenn's was Schlechtes gwesen wär, daß es grad deswegen eine Lug hätt sein müssen. Übrigens brauch ich mich net vor dir zu verteidigen … ich wüßt net wozu … aber ich sag dir bloß das einzige: Sei froh, daß du ein Madl bist! Das erspart dir wenigstens die Vergeltung für den Schlag.« Paulis Fäuste ballten sich bei diesen Worten, und aus seinen Augen blitzte der heiße Zorn über die erlittene Schmach.

Mit großen Augen blickte Loni auf den Burschen, der vor ihr stand, ein Bild zürnender Männlichkeit. Es wurde ihr bange vor diesen flammenden Blicken, unwillkürlich trat sie einen Schritt zurück und umklammerte, wie Schutz suchend, mit zitternden Händen den Arm einer Freundin.

Da fielen Paulis Augen über die auf dem Boden zerstreuten Fetzen des zerrissenen Loses, und seine Lippen zuckten in erzwungenem Lächeln. »Die Fetzen vom Los hättst mir auch net vor die Füß hin z'werfen braucht ... denn daß ich noch mit dir tanzen wollt, das wirst ja doch net glauben? Zwar ... wann ich wollt ... mußt net meinen, daß mich was abhalten könnt ...« Er trat vor Loni hin und hob ihr langsam seine starken Arme bis an die Augen. »Da schau dir s' an, die zwei Arm! Mit denen lupfet ich dich in d' Höh ...« Dabei faßte er Loni mit beiden Händen um die Hüfte, schwang sie mit gestreckten Armen hoch über den Kopf empor, und indem er sich ein paarmal um sich selbst drehte, wirbelte er das Mädchen im Kreis herum, daß die Röcke flogen; mit so kräftigem Ruck stellte er sie dann zur Erde nieder, daß Loni, rückwärts taumelnd und mit beiden Händen nach einer Stütze haschend, in die Arme ihrer Freundin sank.

Ein Blick aus Paulis Augen flog noch über das zitternde Mädchen. »Da stehst! Und *jetzt* wenn sagst: zwischen uns is nix und zwischen uns wird nix, nachher kannst recht haben! Bhüt dich Gott!« So hart waren diese drei Worte nie noch über Paulis Lippen gekommen, und nie noch waren sie von einem so zornfunkelnden Blicke begleitet gewesen, wie der, mit dem sich der Herrgottschnitzer von Loni wandte.

Scheu wichen die umstehenden Mädchen vor ihm zurück, und auch die Burschen machten gutwillig Platz, so daß Pauli, während ihm all diese verdutzten Augen nachguckten, durch eine förmliche Gasse schreiten mußte, um die Türe zu erreichen. Noch ein Schritt, und er war verschwunden.

Auf Loni war es wie ein lähmender Bann gelegen. Halb auf den Knien, von den Armen ihrer Freundin gestützt und mit der zittern-den Hand am Munde, war sie regungslos verblieben und hatte mit verstörten Augen dem Pauli nachgeblickt. Und als er durch die Türe verschwunden war, erschütterte ein krampfhaftes Schluchzen Lonis Brust. Sie sprang auf, riß sich mit zornigem Ruck von ihrer Freundin los und stürzte davon, mit beiden Händen das Gesicht bedeckend, um vor all den neugierigen Augen, die ihr mit unverhehlter Schaden-freude nachblickten, die hervorbrechenden Tränen zu verbergen.

8

Drei Wochen waren vergangen seit jener für Pauli und Loni so verhängnisvollen Hochzeitsfeier. So manches war inzwischen geschehen. Noch am Abend der Hochzeit hatten die mit Pauli befreundeten Burschen ein kleines Nachspiel aufgeführt im Vereine mit Muckl, der allerdings dabei etwas wider seinen Willen beteiligt war. Die allgemeine Gemütlichkeit war gestört worden, und die Burschen, die sich in ihrer Lustbarkeit beeinträchtigt sahen, ergingen sich in Stichelreden gegen Muckl; ein Wort gab das andere; es setzte tüchtige Hiebe, und ehe der Wirt intervenieren konnte, hatte man den Muckl die Treppe hinunter und zur Türe hinausspediert.

Als man dann acht Tage später im Dorfe vernahm, Muckl hätte sich mit einer reichen Bauerntochter aus einem benachbarten Dorfe versprochen, die als eine böse Sieben bekannt war, erregte das recht wenig Aufsehen. Spitzige Worte für den neugebackenen Bräutigam setzte es freilich in Hülle und Fülle.

Ebensosehr, als Muckl seit jenem Hochzeitstage an Beliebtheit verloren hatte, ebensoviel hatte Pauli bei allen an Zuneigung gewonnen. Es schien auch, als wäre er längst mit sich zur Ruhe gekommen und hätte alles verschmerzt; Tag für Tag, von früh bis in die sinkende Nacht stand er an seiner Schnitzbank, und die Arbeit wuchs ihm unter den Händen hervor. Das Wirtshaus hatte er seit jenem Tage nie mehr betreten; des Mittags ließ er sich sein Essen durch die Kellnerin herüberbringen, ebenso des Abends seinen Krug Bier; und während er ihn leer trank, saß er am Bette Lehnls, der langsam seiner Genesung entgegenschritt.

Der Unfall, der den Alten betroffen hatte – in der Lesart, als wäre er gestürzt und hätte sich dabei verwundet – war bald auch im Dorfe bekannt geworden. Täglich kam der eine oder der andere, der den Kranken besuchte, und mehr als genug sprachen diese Besucher dem Alten von jenem Vorfall beim Hochzeitsfeste. So oft aber Lehnl mit Pauli darüber reden wollte, schnitt ihm dieser kurz das Wort ab, oder setzte allen Fragen ein hartnäckiges Stillschweigen entgegen.

Am häufigsten kam der Maler Baumiller, freilich mehr zu Pauli als zu Lehnl. Jetzt, nachdem er der Meinung war, daß die Liebe zu Loni für den Burschen kein Grund zum Bleiben mehr sein könnte, verfolgte er seinen alten Lieblingsplan, Pauli mit in die Stadt zu nehmen und ihn dort ausbilden zu lassen, mit um so größerer Hartnäckigkeit. Als Baumiller aber bei Pauli selbst nichts ausrichtete, der dem eindringlichsten Zuspruche des Malers nur immer ein kurzes »Ich mag halt net!« entgegenhielt, steckte er sich hinter den Bürgermeister von Ammergau, der da ein Machtwort sprechen sollte. Denn es wäre doch für die ganze Gemeinde eine stolze Ehre, wenn aus ihrer Mitte ein großer Künstler herauswüchse und auf den goldenen Staffeln des Ruhmes emporstiege, zum Glanze für den Namen Ammergau. Aber auch dieser Umweg war ohne Erfolg geblieben, obwohl sich auch Paulis Mutter mit dem Maler verbündet hatte. Außer Lehnl war sie die einzige, die sich durch die äußere Ruhe Paulis nicht täuschen ließ, ihm ins Herz sah und von dem, was sie darin gewahrte, gerade nicht sehr erfreut war. So trug auch sie sich mit dem Gedanken, daß es wohl für Pauli das beste wäre, wenn er fortginge.

Aber wenn auch Pauli nicht schon aus eigenem Antrieb jeder Überredung widerstanden hätte, wenn er wirklich einmal schwach und nachgiebig geworden wäre – die Einflüsterungen Lehnls, der in jeder nur möglichen Weise dem Plan des Malers entgegenarbeitete, hätten in dem Burschen immer wieder den schwankenden Willen befestigen müssen. Lehnl mußte wohl gewichtige Gründe haben, daß er seinen jungen Freund immer wieder zum Bleiben mahnte; die Hoffnung, daß alles noch einmal gut werden könne, wollte den Alten nie verlassen.

Mit heißer Spannung erwartete Lehnl den Tag, an dem er zum erstenmal das Haus verlassen könnte; und als dieser Tag gekommen war, führte der erste Ausgang den ungeduldigen Alten ins Wirtshaus hinüber.

Es war am Nachmittag eines für die schon ziemlich vorgerückte Jahreszeit selten schönen Tages. Als Lehnl in die Wirtsstube trat, fand er nur ein paar Holzknechte vor, welche mit Karten, die bis zur Unkenntlichkeit beschmutzt waren, ihren Bittern ausspielten. Die Kellnerin saß neben dem Schänkkasten und strickte. Nachdem

Lehnl diesen Leuten zur Genüge versichert hatte, daß es ihm recht passabel ginge, schritt er auf die Türe des Nebenzimmers zu, in dem er Loni vermutete. Er hatte sich auch nicht getäuscht. Das Mädchen saß am Fenster und mühte sich damit ab, einen in die Brüche gegangenen Hausrock ihres Pflegevaters wieder zusammenzurichten. Als Loni die Türe gehen hörte, wandte sie langsam den Kopf, sprang aber dann in freudiger Überraschung auf. »Meiner Seel, der Lehnl!« Und mit ausgestreckten Händen eilte sie dem Alten entgegen.

Lehnl sah dem Mädchen erstaunt, fast erschrocken ins Gesicht. Das frische, blühende Rot, das sonst auf diesen Wangen gelegen, war von ihnen gewichen, und die runden Backen waren recht schmal geworden.

»Ja wie geht's dir denn, du armer Kerl?« so plauderte Loni weiter. »Was macht denn dein Kopf?«

»So eim dicken Schädel schadet net leicht was. Wie geht's denn aber dir? ...Schaust net gar gut aus! ... Hab allweil Zeitlang ghabt nach dir und hab glaubt, du bsuchst mich einmal.«

Loni wandte sich ab und machte sich am Tische zu schaffen. »Ich wär schon kommen ... wenn ... aber ...«

»Wenn ... aber? Ja so! In das Haus, wo ich glegen bin, gehst halt net eini? Gelt?«

»Du hast wohl ghört ...?« gab Loni mit gepreßter Stimme zur Antwort.

»Ghört und gsehen gnug!« Lehnl zog einen Stuhl an den Tisch und ließ sich nieder. »Lonerl, Lonerl ... das war net recht!«

»Sagst du auch so! Ich muß mir schon von die andern Leut gnug hören.«

»Meinst vielleicht, ich sollt dich loben auch noch? Das wär doch z'viel verlangt. Wer den Pauli gsehen hat, wie ich ... wie er heimkommen is, kein Wort gredt, sein Feiertagsgwandl weggworfen hat und wieder naus is bei der Tür ... Lonerl, der kann dir kein Fleißbillett geben. Erst am andern Tag in der Fruh is er wieder heimkommen ... und wie ich ihn hab fragen wollen, was denn los is, hat's gheißen: Red nix, wenn du haben willst, daß ich dir gut bin!«

»Du bist halt auch wie die andern!« versetzte Loni mit ärgerlichem Ton. »Redest allweil bloß von ihm, aber net von mir. Hab mich schon so gfreut, daß ich mit dir über die dumme Gschicht diskrieren könnt ... derweil is das auch nix!« Sie trat vom Tisch weg an das Fenster und nahm ihr Nähzeug wieder zur Hand. »Jetzt is halt aus!« seufzte sie tief auf und begann zu nähen.

»No ...« meinte Lehnl und blickte forschend nach dem Mädchen,

»das möcht ich grad doch net so steif behaupten. Denn was einmal die richtige Lieb war, die bleibt's auch, mag da gschehen, was will.«

Loni drückte den Kopf in den Nacken. »So?« rief sie erregt. »Du hast ihn halt net gsehen, wie er dagstanden is und gredt hat ... 's richtige Mannsbild, wie man sich's denkt ... und wie er gsagt hat; *jetzt* wenn sagst, zwischen uns is nix und zwischen uns wird nix, nachher kannst recht haben! ... Und das Bhüt Gott! ... Ich dank!«

»Ja, ja«, meinte Lehnl, »das will ich schon glauben ... aber ... wenn auch bei ihm, wie ich mein', 's Eis noch zum Brechen wär ... du kannst ihn ja doch nimmer mögen?«

»Na ... nie!« fuhr Loni auf. »Lieber sterben!«

Im gleichen Augenblick öffnete sich die Türe und der Maler Baumiller trat ein. Die üblichen Begrüßungen wurden gewechselt, und wieder einmal mußte Lehnl ein halbes Dutzend Fragen nach seinem Befinden beantworten. Dann verließ der Alte das Gemach, um auch dem Wirte ein Grüßgott zu sagen.

Über alles mögliche plauderte der Maler inzwischen mit Loni; plötzlich, mitten im Gespräche über das schöne Wetter, neigte er sich über die Lehne des Stuhles, auf dem sie saß, und sprach ihr ins Ohr: »Sag einmal, Lonerl, könnt man jetzt mit dir net auch einmal ein gscheits Wörtl reden?«

»Man müßt's halt probieren!«

»Wegen meiner und wegen dem Pauli.«

»Jesses! Wenn ich nur den Namen nimmer hören müßt!« gab Loni gallig zur Antwort. »Ihr wißt's ja, daß ich ihn net ausstehen kann.«

»Ich red ja nur grad deswegen von ihm, daß du einmal zur Ruh kommst!« tuschelte der Maler mit eindringlichem Eifer. »Und das gschieht net eher, vor der Pauli net geht.«

Hastig hob Loni die Augen und blickte dem Maler ins Gesicht. »Daß er aber net geht«, gab sie zögernd zur Antwort, »ich mein', das habts oft gnug schon ghört.«

»Die Sach is halt net recht anpackt worden! Du, Loni, du selber mußt die Gschicht in die Hand nehmen!«

Lonis Augen wurden immer größer. Und bedenklich schüttelte sie den Kopf. »Da geht mir der Verstand aus!«

»Wirst es gleich verstehen!« Baumiller zog einen Stuhl zu Loni ans Fenster, ließ sich ihr gegenüber nieder und faßte ihre beiden Hände. »Sag, Loni, kannst du's begreifen, daß ein Mensch mit ganzem Herzen und ganzer Seel was wünscht und hofft, so daß er gar kein andern Gedanken mehr hat? Begreifst du das?«

»O ja?« Ein tiefer Seufzer schwellte die Brust des Mädchens.

»Siehst, Loni, so ein Gfühl hab ich ghabt, wie ich ein junger Mensch war. Wie ich zum malen angfangt hab, und wie ich die Bilder gsehen hab von unsere großen Meister, da is in mir der Wunsch aufgstiegen, was Gleiches zu schaffen und auch Bilder zu malen, vor denen die ganze Welt staunen müßt. Der Wunsch war ein recht schöner! Und was an meim guten Willen und an meim Fleiß glegen war, das is auch redlich gschehen. Aber weiter hab ich's halt doch net bracht, als daß meine Bildln gern kauft worden sind, und daß ich mir ein bißl was erworben hab. Schau, Lonerl, damit du's verstehst, möcht ich sagen: mir is gangen, wie eim Schneider, der ein Rock für ein großmächtigen Mann machen will ... und 's Tuch reicht bloß für ein Buben. Das Tuch, das heißt man bei uns Talent. Die Stund, wo ich zur Einsicht kommen bin, daß bei mir's Tuch net reicht, das war die schwerste Stund in meim Leben! Und da find ich auf einmal ein Menschen, der das Talent, das mir gfehlt hat, im reichsten Maß besitzt, und dem, um das zu werden, was mir bei allem Fleiß net glungen is, nix fehlt als die richtige Schul und der rechte Lehrer!«

In immer steigender Aufmerksamkeit hatte Loni dem Maler zugehört. Und mit schüchterner Stimme fragte sie nun: »Is das der Pauli?«

»Ja, Herzl, das is der Pauli!« fiel der Maler ein. Und seine Augen leuchteten, als er weiterfuhr: »Immer besser und besser hab ich ihn kennen lernen ... und wie mein Glauben an sein Talent immer mehr und mehr bestärkt worden is, da hat in mir unter all der Aschen die alte Glut wieder aufgflammt! Da hab ich den Menschen wachsen und werden sehen zu dem, was er werden kann. Da hab ich im Geist voraus schon die Kunstwerke angstaunt, die unter seiner Hand einmal entstehen, und in Gedanken seh ich die Leut sich rumdrängen und hör, wie sie einander erzählen: ›Sehts, dort, der alte Maler is's, der den Menschen für die Kunst gewonnen hat!‹ Und von dem Dank, den die Welt *ihm* zu Füßen glegt hätt, wär auch für mich ein Bröserl abgfallen, wenn auch nur ein kleinwinzigs, und ich zfrieden gwesen!«

Loni konnte ihre Bewegung nicht mehr unterdrücken; sie sprang auf, und in unverhehlter Rührung streckte sie dem Maler die beiden Hände hin. »Was kann ich tun, damit 's so kommt, sagen Sie's mir ... und ich tu's!«

»Du selber mußt mit dem Pauli reden!«

»Na! Net um alles in der Welt!« fuhr Loni auf, und dunkle Röte überfloß ihr Gesicht. »Alles tu ich ... alles, aber das ... das kann ich net!«

»Geh, red net so voreilig!« mahnte der Maler. »Denn schau, Lonerl, was ich von dir verlang, das ist das einzige, was noch helfen kann.«

»Und warum soll's grad helfen, wann *ich* mit ihm red?« fragte Loni zweifelnd. »Da glaub ich eher, daß mein Reden alles noch schlechter machet.«

»Und wenn's auch so wär, versuchen mußt du's, ob du ihn net bewegen kannst, daß er die Hand nach seim Glück ausstreckt.« Der Maler trat an Lonis Seite, und indem er den Arm vertraulich um ihre Schulter legte, fuhr er fort: »Schau, Kindl, du hast schon eine Schuld abztragen an dem Menschen! Ich weiß auch, und lang schon hab ich dir's angmerkt, daß du 's selber in dir spürst, als ob's so sein müßt.«

Schnaufend nickte Loni vor sich hin.

»Gelt? Gstehst es auch ein? Drum sei gscheit und laß dir auch was sagen! Schau, der Pauli hat dich so gern ghabt, daß mit demselbigen bösen Tag noch net alles verraucht sein kann. So viel Lieb zu dir is bei ihm noch allweil daheim, daß er dir's gwiß net abschlagt, wenn du zu ihm sagst: Pauli, ich bitt dich, geh fort, mich leidt's nimmer im Dorf, solang du da bist! Und wann er erst einmal bei mir in der Stadt is, wann er all das Neue sieht, was ihm da entgegentritt, und wann, er 's Arbeiten anfangt und 's Studieren, da müßt's doch mit dem Teufel zugehen, wenn er mit der Zeit net die unglückliche Lieb aus dem Kopf brächt, die ihm ein Elend is und dir ein Ungmach, und wenn er net ein Mensch werden tät, der sein Glück verdient, und der sein Glück auch findet.«

Lautlos hatte Loni dem Maler zugehört, und als er schloß und sie fragend ansah, legte sie ihre Hand auf seinen Arm und spähte ihm mit forschendem Blick in die Augen. Und leichte Röte huschte über ihre Wangen, als sie fragte: »Glaubts Ihr auch gwiß, daß es dem Pauli sein Glück sein wird, wann er geht?«

»Es ist meine feste Überzeugung!« gab der Maler flink zur Antwort.

Hastig streckte ihm Loni die Hand hin. »In Gottes Namen, ich tu's!« Das stieß sie mit zitternder Stimme hervor. »Weil Ihnen ein Gfallen damit gschieht ... und weil ...« die Tränen schossen in Lonis Augen, und ein leises Schluchzen erschütterte ihre Lippen, »und weil ... ja, weil ich so froh bin, wann ich ... den Menschen nimmer sieh.«

»Geh, Lonerl«, tröstete der Maler, »geh, nimm's net so schwer!«

»Schwer?« fuhr Loni ganz entrüstet auf und wischte rasch mit der Faust über die Augen. »Fallt mir ja gar net ein!«

»So is recht!« rief Baumiller freudig aus und drückte das Mädel an seine Brust. »Jetzt kann ich ruhig wieder auf meine Berg nauf steigen. Weißt, es muß ja net gleich sein! Ich geh heut fort auf ein paar Tag, und wann ich nachher heim komm, können wir nochmal drüber reden. Und nachher wird sich schon einmal die rechte Zeit dazu finden. Jetzt bhüt dich Gott ... und ich dank dir halt im voraus für dein guten Willen. Bhüt Gott!«

Lange, lange noch stand Loni regungslos und starrte vor sich hin auf das Fenstersimse. Sie wußte gar nicht mehr, wie es gekommen war, daß sie dieses unselige Versprechen geben konnte. Sie – und reden? Mit jenem Menschen, der ihr so bitterböse Worte gesagt hatte, vor all ihren Freundinnen, vor dem ganzen Dorf? Aber freilich, hatte sie denn nicht selbst ...

Loni schlug die Hände vor die Augen. Sie hatte nicht den Mut, einen Gedanken auszudenken, der sie selbst aller Schuld zeihen mußte. Seufzend ließ sie sich nieder und nahm ihre Näharbeit wieder zur Hand. Aber die Nadel zwischen ihren Fingern war recht träge, und nur langsam suchte sie ihren Weg durch das widerspenstige Tuch, bis sie auf einmal wieder stillstand.

»Es muß ja net gleich sein!« murmelte Loni vor sich hin, die Worte des Malers wiederholend. Dann sprang sie plötzlich auf. »*Wohl* muß es gleich sein, denn ein altes Sprichwort sagt: man muß das Eisen schmieden, so lang's heiß is.« Sie eilte zur Tür und rief hinaus: »Resl!«

Die Kellnerin kam und fragte: »Was magst?«

»Geh ummi zum Pauli und sag ihm, er soll gleich auf der Stell da her kommen, der Herr Baumiller hätt was Wichtigs mit ihm z'reden!«

Resl hatte den Maler fortgehn sehen und blickte verdutzt auf Loni: »Ja ... aber ...«

»Schau net so dumm drein«, fuhr Loni sie zornig an, »sondern tu, was ich dir schaff.«

»Das is aber gspaßig!« knurrte Resl, als sie kopfschüttelnd ging, um Lonis Auftrag auszuführen.

Loni trat zum Tisch, der in der Mitte des Zimmers stand. Und weil ihr augenblicklich keine andere Beschäftigung einfiel, fing sie an, mit den Fingernägeln aus den Klumsen der Tischplatte den grauen Sand herauszubohren, der sich beim Reinfegen des Tisches fest in alle Ritzen gelegt hatte.

Ein paar Minuten mochten vergangen sein, da klang aus der Wirtsstube die Stimme der Kellnerin: »Geh nur da eini in d' Stuben!« Und schwere Tritte näherten sich der Türe.

»Heilige Muttergottes, steh mir bei«, flüsterte Loni, »da is er schon!«

9

Ein schüchternes Klopfen wurde hörbar. Gleich darauf öffnete sich die Tür, und Pauli trat ein.

»Jesses ... d' Loni!« fuhr es erschrocken aus ihm heraus, als er das Mädchen erblickte. Und in brennender Verlegenheit drehte er seinen Filzhut zwischen den Fingern.

Mit der einen Hand auf den Tisch gestützt, stand Loni da und blickte scheu zu dem Gast hinüber. »Grüß Gott!« hauchte sie leise.

»Grüß Gott auch!« klang die trockene Antwort. »Ich weiß net, ob ich da recht bin? Ich soll zum Herrn Baumiller kommen.«

»Ja, ja, bist schon recht!« stieß Loni hervor. Und als fiele ihr eine schnell gesprochene Lüge weniger schwer, fügte sie mit flinkem Gesprudel bei: »Er hat gsagt, du sollst da warten, er wird gleich kommen, hat er gsagt.«

»Muß ich halt warten!« Pauli wandte sich zum Fenster, das neben der Türe war, stellte sich vor die Scheiben, kreuzte die Arme hinter dem Rücken, schwenkte zwischen zwei Fingern seinen Hut und blickte stumm ins Freie hinaus.

Loni näherte sich ihm mit kurzen Schritten, aber nur so weit, daß ihr ausgestreckter Arm mit den Fingerspitzen noch immer die Tischecke berührte. Vergebens mühte sie sich, ein Wort über die Lippen zu bringen; es war ihr, als umschlösse eine unsichtbare Hand wie mit eiserner Zange ihre Kehle. Bange Sekunden verrannen – bis endlich Pauli, dem sich diese Stille nicht minder drückend aufs Herz legte, sich kurz vom Fenster abwandte und der Türe zuschritt mit den Worten: »Ich will doch lieber draußen warten!«

»Jesses na!« fuhr Loni erschrocken auf. »So bleib nur, der Herr Baumiller kommt gleich! Das heißt ... es könnt ja möglich sein, daß er auch net gleich käm ... aber ... wenn du 's vielleicht mit der Arbeit recht notwendig hast ... ich weiß auch, was er dir zum sagen hat ... nachher ... wenn du meinst ... und wenn du 's von mir anhören willst ... nachher könnt's ja ich dir auch sagen.«

Erwartungsvoll hingen Lonis Augen an dem Gesicht des Burschen, dem ein wehmütiges Lächeln um die Lippen huschte. »Schau, Loni, plag dich net!« erwiderte er nach kurzem Schweigen. »Du hast es schon in manchem recht weit bracht, aber 's Lügen bringst doch net recht zamm. Druck's halt aussi, was mir sagen willst! Ich merk's ja eh, es is ein abgmachte Sach, daß *du* mit mir reden sollst.«

Dunkle Röte übergoß Lonis Wangen. »Na ... gwiß net«, stotterte sie, »das heißt ...«

»Es is schon gut!« schnitt ihr Pauli kurz das Wort ab und stellte sich wieder vor das Fenster hin.

Durch diesen scharfen Schnitt war Loni weiter von ihrem Vorhaben abgebracht, als ihr lieb sein konnte. Aber sie mußte nun sprechen – um jeden Preis. So faßte sie den ersten Gedanken auf, der ihr in den Sinn kam. Während sie sich um ein zagendes Schrittlein näherte, fragte sie scheu: »Wie geht's denn deim Mutterl, hab's lang nimmer gsehn?«

»Ich dank, ganz gut!« klang es vom Fenster her.

»Ich hab ghört, sie tät dir allweil zureden, du sollst mit dem Herrn Baumiller in d' Stadt gehen?«

»Kann schon sein!«

»Und du wolltest net?«

»Is auch möglich!«

Paulis kurze Antworten konnten Loni nicht mehr einschüchtern. Sie hatte den Faden am richtigen Zipfel angesponnen, und mutig fragte sie weiter.

»Warum magst denn net, wenn man fragen darf?«

»Weil's mich net freut!«

»Das is freilich ein gwichtiger Grund. Aber wer weiß, ob dein Mutterl net am End recht hat, und ob's net dein Glück wär, wenn ihr folgen tätest.«

Bis zur Unkenntlichkeit hatte Pauli während Lonis hartnäckigen Fragen seinen Filzhut zusammengedreht. Die letzten Worte des Mädchens ließen ihn plötzlich auf diese immerhin unterhaltende Beschäftigung verzichten, und mit jähem Ruck wandte er sich vom Fenster ab. »No also ... schau ... da wären wir ja bei der Sach! Alles mögliche hat der Herr Baumiller schon probiert. D' Mutter und den Burgermeister hat er über mich ghetzt ... und jetzt schickt er gar noch dich!«

»Ja, Pauli, ich will's auch net länger leugnen«, stammelte Loni. Und hastig, ohne recht zu bedenken, was sie sprach, redete sie weiter: »Der Herr Baumiller hat mir das Versprechen abgnommen, ich soll dir zureden, daß du mit ihm in d' Stadt gingst. Ein kleins bißl hat er gmeint, könntest du doch noch auf das hören, was ich dir sag ... und hat gmeint, wenn ich dir saget: Pauli, mich leidt's nimmer im Dorf, solang du da bist ... mein Rast und mein Ruh is weg ... geh fort von da ... so ... so tätst du's auch ... hat er gsagt.«

In guter Meinung, das Richtige gefunden zu haben, hatte Loni fast Wort für Wort die Rede des Malers wiederholt; doch sie erschrak nicht wenig, als Pauli sie mit rauher Stimme anfuhr: »Und du schamst dich net? Und kannst mir so was ins Gsicht eini sagen? D' Ruh hast mir gstohlen, um meiner Lieb willen hast mich bschandelt vor alle Leut, und jetzt kommst und willst meine Lieb als Fürspann nehmen, um mich von meiner Heimat z'treiben, von Mutter und Haus? Loni, das is grundschlecht!«

Flehend hob sie die zitternden Hände. »Pauli ... ich bitt dich um Gottes willen, glaub so was net von mir! Wenn ich mich hab überreden lassen, daß ich dir zusprich, so war's, weil ich überzeugt bin, es wär besser für dich, wenn du gingst, weil du mich nachher vielleicht vergessen könntest ... und alles, was gschehen is? Und wenn du nachher ein berühmter Bildhauer werden tätst und alle Leut dich gern hätten und in Ehren halten, und wenn du nachher recht reich werden tätst ... so hätt ich halt gmeint, könntest leicht auch das finden, was in deiner Heimat umsonst gsucht hast ... die Lieb von eim braven Madl.«

Wären es nicht die Einflüsterungen schwer gekränkter Liebe gewesen, die Paulis Augen verdunkelten und seine Ohren schlossen, er hätte aus diesem bleichen Gesichte lesen müssen, was in der beklommenen Seele des Mädchens vorging, und hätte hören müssen, daß aus dem Klang dieser Worte die wahrhaftige Offenheit eines geängstigten Herzens sprach.

So aber schüttelte er nur unmutig den Kopf, und mit heiserem Lachen rief er: »Also grad wegen meim Glück? Du mitleidigs Madl! Ich sag dir, ich glaub dir's net! Ich glaub viel eher, daß du *jetzt* lügst, und daß deine erste Red d' Wahrheit war: daß mich bloß fort haben willst, weil ich dir im Weg umgeh!«

»Na, Pauli, gwiß net!«

»Laß gut sein! ... Ich geh dir aus'm Weg! Du sollst d' Ruh finden ... ob ich mein Glück, das is ein andere Frag. Glaub aber ja net, daß ich mir aus dem Maler seim Gschwatz eine Hoffnung mach.

Ich will net berühmt werden und brauch kein Reichtum ... was ich brauch, hab ich, Gott sei Dank, und wollt ich mir mehr wünschen, so müßt mich unser Herrgott strafen! Aber mag's jetzt sein, wie's will ... ich geh ... und wenn ich auch in mein Unglück renn.«

»Jesses ... wenn du so denkst ... Pauli ... wär's mir gleich lieber, du bliebest da!«

Pauli blickte verwundert auf; es klang ihm nun doch aus dieser Stimme etwas entgegen, was ihn stutzen machte; aber es kam ihm das so sonderbar vor, so ganz unglaublich, daß er dem Gedanken, der zu Lonis Gunsten sprach, nur einen einzigen Augenblick Gehör schenkte. »Plag dich net, Loni! Dein Ernst is ja doch net! Und meinetwegen brauchst kein Angst net z'haben ... weil schon einmal so mitleidig bist! Ich bin schon über gar viel wegkommen und schlag mich da auch noch durch! Freilich, wie schwer mir's wird, das kann dir gleich sein ...wenn's nur nach deim Kopf geht.«

Aus Paulis letzten Worten klang ein Ton so tiefen Schmerzes, daß die Tränen in Lonis Augen schossen. Beherzt trat sie näher und zerknitterte in fieberhafter Ungeduld ihre weiße Schürze, während sie sprach: »Na, Pauli ... wenn du mich auch für recht schlecht haltst, so schlecht bin ich doch net, und schau ... wenn du meinst, es wär net so, wie der Herr Baumiller sagt, sondern so, wie du sagst ... schau ... da mein' ich, wär's besser, du gingest net fort, sondern bliebest da und tätst auch gleich ...« Das Blut stieg ihr ins Gesicht bei dem Gedanken an das, was sie da hatte sagen wollen.

Im ersten Schreck hielt sie es für ein Glück, daß Pauli sie im Weitersprechen verhindert hatte, als er sie unterbrach: »Geh, sei stad!« Und doch wär' es ihr lieber gewesen, er hätte sie *nicht* unterbrochen – denn es legte sich ihr wie Eis um das Herz, als sie ihn weiterreden hörte: »Muß halt alles aus sein! Aber grad dadurch, daß ich jetzt geh, will ich dir noch beweisen, *wie* gern ich dich ghabt hab! ... Und somit bhüt dich Gott!« Er nickte einen Gruß und ging zur Türe.

Loni glaubte vor Entsetzen in die Erde sinken zu müssen, als sie ihn gehen sah. Gedanken und Worte versagten ihr; alle Qual ihres gefolterten Herzens machte sich nur in einem einzigen Aufschrei Luft.

»Pauli!«

Er hatte schon die Türklinke in der Hand – aber da drehte er sich mit jähem Zuck herum. »Was is?« Eine Weile standen sie schweigend vor einander. Und als er sah, wie Loni sich vergebens mühte, ein Wort herauszubringen, sagte er mit einer wunderlichen Mischung von Groll und Herzlichkeit in der Stimme: »Wenn noch ein Wunsch hast, schenier dich net, jetzt geht's in eim hin!«

»Wenn's wirklich ... bschlossene Sach is ... daß gehst ...« kam es stockend über Lonis Lippen, »nachher ... nachher könntest mir ja doch zum Bhüt Gott noch deine Hand geben?« Zwischen Weinen und Lachen klangen diese Worte halb wie eine Frage, halb wie eine Bitte. Und als sie langsam die Hand streckte, machte Pauli einen flinken Sprung in die Stube – »Loni!« – aber auf halbem Wege hielt er an, und der gestreckte Arm fiel ihm nieder.

»Na! ... Das geht ja doch net, daß ich die Hand druck, die mich gschlagen hat.«

»Wenn ich dir aber sag, wie weh mir's allweil gwesen is, und wie ich schon oft mit nasse Augen die Stund verwünscht hab, wo ich dir so ein fürchtigs Unrecht hab antun können ... und wenn ich dich recht von Herzen um Verzeihung bitt ...« Wieder streckte ihm Loni die Hand entgegen. »Darfst mir nachher deine Hand auch net geben?«

Pauli tat einen tiefen Atemzug, so tief, als käme dieser befreiende Odem aus einem Brunnen herauf. »Ja, Loni!« Er schlug in die Hand des Mädchens ein. »Das Wort macht viel vergessen und wird mir mein Weg leichter machen!«

Scheu guckte sie an ihm hinauf. »Ja willst denn jetzt auch wirklich fort?«

Der flehende Ton dieser Worte ließ in Pauli eine Ahnung auftauchen, die ihn mit der Fülle ihrer Glückseligkeit fast betäubte. Seine beiden Fäuste, mit denen er Lonis Hand umklammert hielt, fingen zu zittern an. »Loni ... Jesus Maria, du fragst mit einer Stimme, so gut und lieb, wie ich's noch nie von dir ghört hab ... und aus deine Augen schaut's mich an, daß ich's fast net für möglich halten kann! ... Loni? ... Meinst net, es könnt noch anders werden zwischen uns?«

»Meinst du?« fragte sie leise.

»Ich schon!«

»Ja ... wenn du vergessen könntest, was ich dir für eine Schand antan hab ... nachher mein' ich auch!«

»Ah was, Schand ...« kalkulierte Pauli mit brennendem Eifer, »es wär ja gar nie eine Schand gwesen, wenn net d' Leut dabei gstanden wären. Und du hast es ja bloß in der Hitz tan!«

»Freilich! Bloß in der Hitz!«

»Na also! Und alles ließ sich wieder gutmachen, wenn du nur den festen Willen hättest, und wenn du dich ein bißl zamm nähmst.«

»So sag nur grad, wie?« fragte sie mit vor Freude zitternder Stimme.

»Wenn du mit mir Hand in Hand zur Kirch gingst und auf die Frag vom geistlichen Herrn, ob du mich haben willst fürs ganze Leben, vor alle den damischen Leut recht laut sagen tätst: Ja! ... Willst das, Loni?«

Erschrocken entzog sie ihm ihre Hände, das Gesicht übergossen von Blut. Aber dann griff sie gleich wieder mit beiden Armen zu, unter Weinen und Lachen: »Du! Paß auf! So laut will ich's sagen, daß deine gschnitzten Heiligen in der Kirch ihr Freud dran haben sollen! Pauli! Du Braver, du Treuer! Da hast mich! Mit Leib und Seel! Und ich laß nimmer aus!«

Die beiden hielten sich umschlungen und hingen Mund an Mund, zwei hungernde Herzen, die das köstliche Brot ihres Glückes gefunden und sich nicht sättigen konnten.

Die Türe ging auf, und Lonis Pflegevater trat ein. Die Augen, die er machte, als er die beiden so stumm und ausdauernd mit einander beschäftigt sah!

»Ja Loni!« Er schlug die Hände über dem Kopf zusammen. »Was machst denn?«

»Hochzeit, Vater!« Sie sah ihn lachend an. »Und das recht bald, wann nix dagegen hast!«

»Is denn so was möglich?«

»Was? Möglich?« Pauli drückte einen Kuß auf Lonis glühende Wange. »Gelt, jetzt glaubst es? Und weil schon da bist, halt ich gleich um d' Loni an bei dir. Wer ich bin, das weißt, was ich hab, kannst leicht erfragen ... brauchst bloß Ja sagen!«

»So? Meinst? Du Saperlot!« polterte der Wirt. »Die alten Leut sind wahrscheinlich zu nix anderm auf der Welt, als zum Ja sagen!«

»In dem Fall schon, Vater!« lachte Loni. »Und wenn mich gern hast, nachher bsinnst dich auch net lang und sagst Ja!«

Da fing auch der Wirt zu lachen an. »Meinetwegen halt! Machts es miteinander aus, wann Hochzeit is ... und nachher kommts und sagts mir's!« Mit zufriedenem Schmunzeln musterte er noch einmal das Paar, dann stürmte er zur Stube hinaus und hätte fast den alten Lehnl, der dicht vor der Türe stand, zu Boden geworfen.

»Was hast denn, Lehnl? Dir steht ja 's Wasser in die Augen?«

»Ich weiß net ... es muß mir ebbes einigflogen sein!« gab der Alte zur Antwort, während er durch die halbgeöffnete Tür in das Stübchen blinzelte, aus dem der Wirt gekommen war.

10

Zwei Tage später wurde beim Wirte von Graswang das Stuhl-
fest des Herrgottschnitzers und der Loni gefeiert. In der großen
Wirtsstube standen die weißgedeckten Tische, und darum saßen die
geladenen Gäste, zu oberst, am Ehrenplatz, die Mutter des Bräutigams.
Die alte Traudl strahlte vor Vergnügen, und ihre Augen glänzten heller als die blanken Schaumünzen, die an dem silbernen Schnürwerk
ihres Mieders baumelten. Neben ihr saßen der Wirt und Loni, deren
Stuhl freilich die meiste Zeit leer stand, denn sie ließ es sich nicht
nehmen, fleißig in der Küche nachzuschauen und dafür zu sorgen,
daß kein Teller leer wurde und kein Krug ungefüllt blieb.

Auch der Rötelbachbauer war unter den geladenen Gästen; er saß
zwischen Muckl und der zukünftigen Schwiegertochter. Wenn die
Leute von ihr erzählten, sie hätte Haare auf den Zähnen, so konnte
das jedenfalls nur bildlich gemeint sein; denn ihr Gebiß, das von der
schmalen Oberlippe kaum zur Hälfte verdeckt wurde, war, wie der
Augenschein lehrte, vollständig unbehaart.

Pauli, der neben dem Wirte saß, war für die Unterhaltung der
Gäste verloren. Er folgte nur immer mit leuchtenden Blicken dem
geschäftigen Tun und Treiben seiner Braut. Wenn ihn an diesem
Freudentage überhaupt etwas beunruhigen konnte, so war es die
Abwesenheit Lehnls, den er schon ein paarmal vergebens im gan-
zen Hause gesucht hatte. Ganz zufällig blickte er einmal durch das
Fenster und sah gerade noch, wie Lehnl drüben im Austraghäus-
chen des Huberbauern die Türe hinter sich zuzog. Er sprang vom
Stuhl auf, sagte Loni, wohin er ginge, und eilte hinüber nach seiner
Wohnung, um den Alten zu holen, der ihm die letzten zwei Tage in
auffallender Weise ausgewichen war.

Loni hatte ihren Verlobten bis an die Haustür begleitet, und als sie nun wieder in die Stube zurückkehren wollte, wurde sie von Muckl aufgehalten, der ihr aus dem Flur entgegentrat.

»No, Loni? Jetzt is halt doch so kommen, wie ich allweil gsagt hab. Drum, mein' ich, könntest mir jetzt auch wieder gut sein, schau, schon deswegen, weil meine Eifersucht dein Glück gmacht hat!«

Loni lachte. »Wenn du sagst, daß dich alles reut ... nachher will ich wieder gut sein!«

»Freilich reut's mich! Wenn ich auch net leugnen kann, daß mir's die größte Gaudi gmacht hat, wie ihr zwei aufeinander losgfahren seids wie die gstupften Gockeln! ... Ja ... hätt ich nur von Anfang net so viel Angst ausstehn müssen wegen dem Lehnl! Das hätt weiters net dumm ausgschaut, wenn ich, der einzige Sohn vom Rötelbachbauern, ein paar Monat hätt sitzen müssen wegen so einer dalketen Gschicht.«

»Ja hast denn du dem Lehnl was tan?« fragte Loni erstaunt.

»Weißt denn du da nix davon?«

»Aus dem Gschwatz werd ich net gscheit!«

»Kannst dich denn nimmer erinnern an den Tag, wo ich mit meim Vater kommen bin, und wo du mir nachher so gschwind ein Korb geben hast? Da war gleich drauf die Red, daß du am andern Tag auf d' Alm gehst. Da hab ich mir denkt, den Katzensprung könnt ich noch riskieren ... vielleicht redt man sich leichter mit dir, wenn du allein bist!«

»Und du warst in derselben Nacht auf der Alm?«

»Freilich ... aber grad, wie ich an dein Kammerfenster hab klopfen wollen, da kommt der Lehnl dazu, packt mich ... und wie's diemal geht ... ich hab ihn halt so weggschlenzt, und da is er halt unglücklich gfallen. In der ersten Angst, man könnt mich sehen, bin ich ausgrissen, weil ich wen kommen hab hören. Freilich hat mich die Sorg um den Lehnl net weit fortlassen. So bin ich wieder zurück, und da hab ich gsehen, daß der Pauli da is und dem Lehnl aufhilft. Der arme Kerl hat gmeint, er müßt schon sterben wegen dem bißl Loch im Kopf, und hat den Pauli heilig versprechen lassen, daß er Freund bleibt mit dir, ob du gut oder ungut mit ihm wärst. Alles hab ich mit anghört, auch wie er ihm verraten hat, daß du sein leibliches Kind wärst.« Zutraulich neigte sich Muckl gegen Loni und sprach ihr ins Ohr: »Weißt, von mir hat's kein Mensch erfahren und erfahrt's auch niemand. Brauchst dich also net sorgen!«

Lonis Gesicht war weiß wie die Wand, und sie zitterte an allen Gliedern. Mühsam rang sie nach einem Wort. »Heilige Maria ...«

»Ja weißt denn du da auch nix davon?« fragte Muckl mehr erstaunt als erschrocken.

Loni starrte ins Leere. »Pauli ... wo is der Pauli?« Und wie eine Irrsinnige eilte sie zur Türe hinaus auf die Straße hinüber zum Austraghäuschen des Huberbauern. –

Da drüben hatte unterdessen Pauli den Alten aufgefunden; aber vergebens suchte er Lehnl zu bewegen, mit ihm zu gehen. »Komm Lehnl, komm, geh mit!« bat Pauli immer und immer wieder. »Du hast am allerersten ein Recht ...«

»Geh, laß mich!« unterbrach ihn Lehnl. »Wenn du wissen tätst, wie's in meim Herzen ausschaut, nachher sähest ein, daß ich in keine lustige Gsellschaft paß.«

»Ah was da! Du hast allen Grund zum Lustigsein, jetzt, wo dein Lieblingswunsch in Erfüllung geht, mit mir und mit der Loni!«

»Ja, früher, da hab ich mir's ausgmalen in Gedanken, wenn mein Kind einmal ein richtigen Burschen zum Mann krieget ... und wie ich nachher ganz glückselig wär, wenn ich mit ansehen könnt, wie das Madl so mitten drin sitzt im Wohlsein und in der Freud ...«

»Und so kommt's ja, schau! Wir haben uns gern, und was an mir liegt, das wird auch gschehen, um 's Madl glücklich z'machen.«

»Ja, Bub! Das weiß ich! Und drum wird mir der Abschied leichter, als eigentlich für ein Vater recht is!«

»Geh, red net so dalket!« zürnte Pauli. »Du wirst fortgehn! Wo willst denn du alter Zwickl noch hin? Eine überspannte Gschicht is das, weiter nix!«

»Ich will dich net von dem Glauben abbringen. Aber es wird doch so sein müssen, daß ich geh. Du weißt, daß der Muckl damals alles ghört hat, was auf der Alm zwischen uns gredt worden is. Und wenn der was weiß, so weiß es auch 's ganze Dorf!«

»Und was is denn nachher?« fragte Pauli und faßte den Alten bei der Hand.

Die beiden waren allzusehr mit sich selbst beschäftigt, um auf die Tritte zu merken, die sich im Hausflur hören ließen und wieder verstummten.

»Schau, Lehnl«, sagte Pauli mit herzlicher Eindringlichkeit, »ich bin der erste, der vor der ganzen Gmeind dir die Händ hinstreckt und sagt, daß ich dich mein Vatern heißen und als solchen halten will. Und grad so wie ich, wird auch d' Loni ...«

»Sei stad! Sei stad!« unterbrach ihn der Alte jammernd. »Du weißt net, wie das Madl über ihre Eltern denkt. Wenn d' Loni je erfahret, daß ich ihr Vater bin ... so gern s' mich bis jetzt ghobt hat ... mit dem Wort wär ich ihr zwider bis in d' Seel eini! Und erfahren muß sie 's! Denn wenn der Muckl bis jetzt auch gschwiegen hat, so war das nur die Angst vorm Gricht!«

»Ich hab von der Loni ein besseren Glauben!« fiel Pauli ein. »Weißt was … jetzt hol ich 's Madl ummi, nachher redst offen mit ihr.«

»Na, Pauli, na! Um Gottes willen net! Sie könnt mir 's net verzeihen, daß ich sie weggeben hab, wenn's auch nur gschehen is aus Lieb und in der Gfahr. Mir druckt's die Seel ab, daß ich mein Kind nimmer sehen soll, aber es geht net anders. Ich geh in meine Heimat zruck … die paar Jahrln, wo ich noch z'leben hab, werden meiner Gmeind net z'viel sein. Eine Bitt hätt ich aber noch an dich. Ich hab mir ein bißl was erspart. Das will ich dir geben. Es könnt grad so viel sein, daß man von da bis in mein Dorf einmal dafür hin und her fahrt. Wenn nachher einmal hörst, daß ich gstorben bin, so laß mich um das Geld mit eim Wagen holen und laß mich eingraben an eim Platzl, wo ich mir denken durft, 's Madl kommt einmal neben mir z'liegen! … Und jetzt laß mich gehen!«

Dem Alten rannen die Tränen über die runzligen Backen. Seine Knie zitterten, und erschöpft griff er nach der Lehne eines Stuhles.

»Na, Lehnl! Na! Du darfst net gehen! Bleib bei uns!«

Lehnl schüttelte den Kopf. »Es geht net und kann net sein!«

Da klang von der Tür eine weiche bittende Stimme. »Auch net, wann *ich* dich bitt?«

Der Alte fuhr auf mit ersticktem Schrei und wankte auf Loni zu, die ihm mit offenen Armen entgegeneilte.

»Vaterl! … Mein liebs Vaterl!«

Taumelnd wie ein Betrunkener, umfaßte Lehnl sein Kind. »Loni … du … du sagst zu mir: liebs Vaterl …«

»No freilich!« Lachen und Weinen war das: »Ich weiß ja, daß du 's bist! Es is noch keine Viertelstund her, daß sich der Muckl gegen mich verschnappt hat. Aber was hab ich von dir hören müssen? Du willst deine Kinder verlassen? Untersteh dich, du!« Und während sie mit der einen Hand die Tränen von ihren Wangen wischte, drohte sie mit der andern. »Da müßt ich ja gleich in der ersten Stund, wo ich mein Vatern find, zum schelten anfangen!«

»Kannst mir verzeihen …«

Loni ließ ihn nicht weiter sprechen. »Geh! Was redst denn da! Im ersten Augenblick, wo ich ghört hab, daß du mein Vater bist, is mir mit eim Schlag alles Liebe eingefallen, was ich von dir erfahren hab seit dem Tag, wo du zum erstenmal mein Kinderhandl druckt hast. Vaterl! Vaterl!« Sie schlang die Arme um seinen Hals. »Was mußt du glitten haben, wo du mich so gern ghabt hast! Aber jetzt soll dir's auch von uns zwei vergolten werden!«

Lehnl wußte sich kaum mehr zu fassen vor Glück. »Jesus! Mein lieber Herrgott! Die Freud ... ich könnt jetzt gleich ein Juhschrei machen, daß alle Berg zum wackeln anfangen! Und wenn ich mir denk, daß wir alle miteinand im Frieden hausen ... und daß ich noch Enkerln ... Jesus ... Pauli, halt mich, sonst mach ich ein Kreuzsprung!« Aber da erlosch ihm plötzlich alle Freude zu bleichem Schreck. »Mar' und Josef! D' Leut! Kinder! Was werden d' Leut sagen!«

»Laß s' sagen, was s' wollen!« tröstete Pauli. »Was kümmern denn wir uns drum?«

»Jawohl«, fiel Loni ein, »und damit s' net lang Zeit zum tratschen haben ... am nächsten Sonntag, wenn ich und der Pauli 's erstmal in der Kirchen aufboten werden, soll der Herr Pfarr mich gleich beim rechten Namen rufen. Mit meim Pflegvater und mit meiner Schwiegermutter reden wir heut noch, sobald die Gäst fort sind. Is dir's so recht, Pauli?« Er nickte zustimmend, und Loni drückte ihm zum Dank dafür einen herzhaften Kuß auf die Lippen. »Aber kommts miteinand! Jetzt müssen wir wieder ummi. Und du, Vaterl, mußt drüben an der Ehrentafel neben mir sitzen!«

Vereint für alle Zeit verließen diese drei glücklichen Menschen das kleine Haus und schritten über die Straße.

Als am andern Tag der Maler von seinem Ausflug zurückkehrte, machte er große Augen zu der Nachricht, die er zu hören bekam. Er wollte anfangs den Gekränkten spielen, doch hielt diese Regung nicht lange an, als ihm Pauli die Hand bot mit den Worten. »Sind S' net bös, Herr Baumiller, daß Ihr Plan net nausgangen is! Aber zwei Leut z'wissen, wo S' zu jeder Stund gern gsehen sind und eine Heimat haben, ich mein', das wär auch was wert! Bleiben S' uns gut!«

Und er blieb ihnen gut. Jeder Sommer, den er später im schönen Ammertal verlebte, verfloß ihm fröhlicher als all die früheren, im traulichen Verkehr mit dem jungen Herrgottschnitzer und seinem jungen, glücklichen Weibe.

NACHWORT

Von der Auflösung des Hasses in Liebe

Der Herrgottschnitzer von Ammergau
als authentisches Modell?

Die Erzählung *Der Herrgottschnitzer von Ammergau* mit dem Untertitel »Eine Hochlandgeschichte« ist ursprünglich als Drama verfasst, das 1880 im Theater am Gärtnerplatz mit Erfolg uraufgeführt wurde. Einige Monate danach gehörte das Stück freilich einem Agenten. Die Möglichkeit, es sich zurückzuerobern, bot die Reichelsche Buchdruckerei in Augsburg dem Autor, als sie ihm antrug, das Stück »in eine Dorfgeschichte für den Königskalender umzuschmelzen«, wie Ganghofer selbst berichtet. Die Drucklegung als Prosatext für ein Buch erfolgte dann allerdings erst 1890 im Verlag Adolf Bonz, Stuttgart, mit 60 Illustrationen von Hugo Engl. Der 1855 in Kaufbeuren geborene Ganghofer ist mit fünfundzwanzig Jahren bereits ein bekannter Autor.

Der Herrgottschnitzer von Ammergau: eine Erfolgsstory

Ganghofers erster und bisher auch einziger Biograf Vinzenz Chiavacci schildert, wie es zum *Herrgottschnitzer* kam. Im Herbst 1878 geht Ganghofer nach Berlin, um dort seine Promotion vorzubereiten. Im Winter kommt die oberbayerische Dialektgruppe des Münchner Gärtnerplatztheaters ebenfalls nach Berlin und gibt dort Stücke wie die *Zwiderwurzen* von Hermann Schmid zum Besten, den *Schlagring* von Hans Neuert oder die *Gundl vom Königssee* – allesamt ein Flop. »Aber ein großer schauspielerischer Erfolg war es, ein Erfolg der Natürlichkeit und Lebenswahrheit in der Darstellung volkstümlicher Gestalten«, schreibt Chiavacci. Ganghofer sitzt mit den Akteuren zusammen und setzt ihnen auseinander, wie seiner Ansicht nach bayerische Volksstücke auszusehen hätten. Spontan trägt man ihm an, ein solches Stück zu verfassen. Ganghofer lehnt ab, zu sehr ist er mit seiner Doktorarbeit beschäftigt, die sich mit einem Vergleich zwischen Rabelais und seinem deutschen Übersetzer Fischart beschäftigt. Ganghofer hatte nach dem Studium des Maschinenbaus in Würzburg Literatur, Sprache und Philosophie in München und Berlin studiert, bis er schließlich, 1879, in Leipzig mit der Promotion in Literaturgeschichte abschließt. Ein Jahr später, nach bestandener Promotion in Leipzig, trifft er zufällig im Café Maximilian in München Hans Neuert, und jetzt zündet bei den beiden eine Idee: der *Herrgottschnitzer*. Chiavacci spricht von sechs Tagen, in denen Ganghofer das Stück verfasst, auch von neun Tagen ist die Rede – jedenfalls überarbeitet Neuert das Stück in bühnenwirksamer Weise, und am 17. März 1880 findet am Gärtnerplatz in München die Premiere statt. Und es hat Erfolg. »Damit hatte Ganghofer dichterisch sich selbst gefunden«, schreibt sein Freund und Biograf.

In seiner Autobiografie *Lebenslauf eines Optimisten* schildert Ganghofer die Entstehung seines *Herrgottschnitzers* so, dass er sich selbst in dieser Weise gut zuredet: »Na also, in Gottes Namen, mach es halt! Dann bist du die sekkante Geschichte los und hast wieder freien Weg.« Der *Herrgottschnitzer*: eine »sekkante«, also störende Geschichte, das ist schon eine sehr erstaunliche Selbsteinschätzung! Jedenfalls beginnt er »zu kritzeln«. Seine Mutter schaut ihm über die Schulter und meint, er sollte »endlich einmal ein bissele gescheit« werden, als »Doktor der Philosophie« hätte er doch jetzt eine »Verpflichtung«. Auch wenn seine Mutter die Verpflichtung gewiss in anderer Weise verstanden hatte, setzt eine Arbeit über Rabelais und Fischart eine außerordentlich hohe Sensibilität im sprachlichen Bereich voraus und weist ihren Verfasser als einen Menschen mit starkem reflexivem Potenzial aus. Tatsächlich, über sein Stück befindet Ganghofer: »Was da werden wollte, sproß aus schlecht beackerten Schollen.« Er weiß selbst nicht so recht, was er da macht, nennt sein Werk »eine Gelegenheitssache«, aber eines ist klar: »Die Kugel, die da ins Rollen kam, riß mein ganzes Leben hinter sich her.«

Ein »viel heißeres« Blut macht ihm freilich die Jagderlaubnis im Hochgebirge, die ihm zur gleichen Zeit sein Vater erwirkt. Stolz schleppt er seine erste Beute, einen »kapitalen, siebzig Pfund schweren Gemsbock« im Rucksack durch die Kaufingerstraße über den Residenzplatz zur Schönfeldstraße und erregt natürlich mächtiges Aufsehen. In eben dieser Schönfeldstraße spielt sich eine etwas seltsame Begegnung ab, und zwar zwischen Ganghofer und Ibsen, der ihm als merkwürdiger alter Herr erscheint, als »der geheime Kommerzienrat aus der Schönfeldstraße«. Beim Besuch von Ibsens *Nora* wird ihm allerdings anders zu Mute; zu deutlich empfindet er die »Distanz zwischen meinem unreifen Versuch und diesem Meisterhaften und Neuen«. Im März 1880 kommt sein eigenes Stück, der *Herrgottschnitzer*, zur Premiere, er verpasst den ersten Akt, begreift den rauschenden Applaus so wenig wie die nun folgende Popularität. Die Honorare allerdings reißt sich ein Agent unter den

Nagel, aber auch das lässt Ganghofer ziemlich unberührt. Den Dreh aber, wie man mit Literatur Geld verdienen kann, den hat er nun heraus, und er weiß, wie er sein Talent im wahrsten Sinne des Wortes ummünzen kann. Handelt es sich um eine unbewusste Stilblüte oder um geniale Selbstparodie, wenn er sein weiteres Arbeiten so beschreibt: »Der kurzlederne Genius loci faßte mich fest beim blonden Schopf. Es formten sich die Anfänge zum Jäger von Fall.« Man darf annehmen, dass sich Ganghofer seines Schreibens sehr bewusst war und er sich von daher nicht als naiver, sondern durchaus reflektierter Autor darstellt. In seiner Autobiografie mit dem Titel *Lebenslauf eines Optimisten* gibt es viele Hinweise, die diese Ansicht bestätigen.

Mythos Oberammergau, Mythos Herrgottschnitzer

Zum Erfolg des *Herrgottschnitzers* trägt natürlich auch der Mythos Oberammergau bei. Oberammergau zum Gegenstand ihres ebenfalls recht erfolgreichen Schreibens haben unter anderem Maximilian Schmidt, gen. Waldschmidt gemacht (*Der Schutzgeist von Oberammergau*), Leo Weismantel (*Gnade über Oberammergau*), Luis Trenker (*Das Wunder von Oberammergau*) und im Jahre 2000 zum Beispiel noch einmal Erich Follath (*Wer erschoss Jesus Christus?*). Ausgerechnet ein an »preußischen Werten« so orientierter Autor wie Theodor Fontane schreibt: »Welch Glück, daß wir noch ein außerpreußisches Deutschland haben. Oberammergau, Bayreuth, München, Weimar – das sind die Plätze, an denen man sich erfreuen kann.« Auch Ganghofer setzt dem Ort gleich zu Beginn seines Romans ein Denkmal. Das Dorf erscheint dem Betrachter so, »als wollte es durch seinen lieben Anblick den verstimmten Wanderer mit der grauen, düsteren Miene der Landschaft wieder versöhnen«. Auch die »farbenbunten Abbildungen aus der Leidensgeschichte Christi« stimmen sogleich in Ort und Geschehen ein. »In Ammergau kommen die Buben schon als Herrgottschnitzer auf d' Welt«, heißt es, so fügt sich der Herrgottschnitzer in den Mythos Oberammergau geradezu als archetypische Figur ein. Schon im Titel verknüpfen sich solchermaßen zwei Urbilder. Wer um die Bedeutung des Kreuzes und seiner Symbolkraft bis zum heutigen Tag in Bayern weiß, für den erklärt sich die Wirksamkeit des von Ganghofer gewählten Titels von selbst.

Authentizität der Personen

In Ganghofers Roman spielt das Kreuz im weiteren Verlauf des Geschehens freilich nur noch eine untergeordnete Rolle; in den Vordergrund tritt die etwas komplizierte Beziehungsgeschichte zwischen Loni und dem Herrgottschnitzer Pauli. Diese nimmt freilich ihren Ausgang tatsächlich an Paulis Schnitzkunst. Anton Höflmeier, Wirt in Graswang und Lonis Adoptivvater, hatte beim Pauli einen neuen Herrgott bestellt, den dieser nun aus Oberammergau nach Graswang herüberbringt. Fritz Baumiller, Landschaftsmaler aus München, seit mehr als zwanzig Jahren ständiger Sommergast des Ammertales und Protektor von Paulis Talent, lobt dessen neueste Arbeit. Besonders die »Stellung von der Muttergottes« hebt er dabei hervor und fragt nach dem Modell. Es ist die Loni, eine durchaus unkonventionelle Konstellation, die Baumiller jedoch goutiert: »Drum hat du auch das Gesichtl so fein rausgschnitten!« Und auch der alte Lehnl, der sich im weiteren Verlauf als der leibliche Vater Lonis herausstellen wird, bestätigt den Vergleich: »Wie gsagt, die ganze Muttergottes, auf und nieder!« Loni ist alles andere als begeistert: »Es könnt dir was Gscheiteres in Sinn kommen, als daß du allweil mich drin hast«, gibt sie ihrem stets vergeblich um ihre Gunst flehenden Bewerber derben Bescheid. Und dabei bleibt es auch.

Die dargestellten Personen wissen sehr genau, was sie wollen – und was nicht. Auf Bayerisch stellt sich solche Authentizität so dar: ob i mog oder ob i ned mog. Und die Loni mag halt nicht, vor allem den Pauli nicht. Aber auch andere Verehrer werden abgewiesen, selbst Martl, der künftige Erbe eines stattlichen Hofes. Der Martl will es aber wissen, weshalb er nicht zum Zuge kommt: »Warum net?« Lonis Antwort: »Ich mag net.« So einfach ist das, obgleich Loni ein Findling ist und keine besonders rosigen Zukunftsaussichten hat. Für sie ist allerdings gerade das ein Grund, ganz bei sich zu bleiben Die ihr innewohnende Liebe-Hass-Korrelation kann sich erst dann lösen, wenn das wahre Beziehungsgefüge sich klärt – und das ist der Fall, wenn eben der alte Lehnl sich als der wahre Vater offenbart, der nicht aus Lieblosigkeit, sondern wegen seiner Armut das Kind aussetzen musste. In dem Moment wird Loni auch innerlich frei, allerdings kann Loni ihre Liebe zum Pauli erst entdecken, wenn dieser endlich einmal »schneidig« auftritt. »Wenn ich einmal ein nimm, das muß einer sein, der Schneid hat, ein richtigs Mannsbild und net einer, der bloß so heißt, weil er

Hosen anhat.« Gerade das vermisst sie lange am Herrgottschnitzer Pauli: »Is das net ein Mannsbild wie von lauter Semmelbrösel?« Das Authentische im Bild des Mannes zeigt sich also vor allem darin, ob er »Schneid« hat, das heißt also, ob er Mumm in den Knochen hat, ob er mutig ist.

Ganghofer über sich selbst:
ein Optimist mit Humor und Selbstdistanz

In seiner Autobiografie entsteht ein durchaus anderes Bild von Oberammergau. Ganghofer schildert eine Wanderung zum Passionsspiel nach Oberammergau, die er mit dem jungen Schauspieler Richard Alexander vom Gärtnerplatztheater in München unternimmt: »Zwei junge, feste, frohe Menschen, in Freundschaft Herz an Herz geschmiedet, und so hinzuwandern in die blauen und grünen Berge!« Alle Voraussetzungen einer nicht nur romantischen, sondern, fasst man das Ziel der beiden ins Auge, auch spirituellen Wanderung scheinen erfüllt, freilich endet die erste Etappe in einem Desaster. Bei einem Herrgottschnitzer finden sie Unterkunft, der allerdings nur ein einziges Bett zur Verfügung stellen kann, das darüber hinaus voller Wanzen steckt – eine Tatsache, die Alexander zu der Bemerkung veranlasst, dass Ganghofer in seinem Stück vom *Herrgottschnitzer* wohl etwas vergessen haben muss, Wanzen zum Beispiel.

Nirgends geraten Ganghofers fiktionale Texte so realistisch und kommen dabei zugleich zu solch poetischer Dichte wie in seiner Autobiografie. Über einen unsinnigen Streit um physikalische Theoreme geraten sich er und sein Freund Alexander über die Frage, ob Schiller Humor hatte, in die Haare und darüber vom Weg ab; erneut kommt ein Platzregen dazu, so dass sie zuletzt sich in einem Gasthaus am Plansee die Wäsche gegenseitig vom Leib ziehen müssen. Zuletzt sitzen sie nackt im Bett, ›auf türkische Manier«, und warten, bis die Kellnerin ihnen die blaugesottenen Forellen dort serviert. Glücklicherweise kann sich die Kellnerin, die sie bedient, »bucklig vor Vergnügen« lachen.

In seiner Autobiografie bringt Ganghofer all den Humor und die Selbstdistanz auf, die in seinen fiktionalen Werken in dieser Form keinen Platz finden. Komisches und Abgründiges stehen nebeneinander, Gegensätzlichkeiten sind, anders als in seinen Romanen, nicht getrennt, sondern bedingen sich wechselseitig gerade erst – ganz abgesehen davon, dass sich im *Lebenslauf eines Optimisten* alles andere als eine heile Welt auftut, im Gegenteil: Ganghofer entpuppt sich mehrfach als echter Hasardeur, mit mehreren »Nah-Tod-Erfahrungen«, wie man in diesen Tagen sagen würde.

1881 wird Wien die neue Heimat Ganghofers, und auch hier feiert er Triumphe mit dem *Herrgottschnitzer*. Anzengruber ist begeistert, die Kritik münzt auf Ganghofer das Wort vom »Defregger der Bühne«. Auch wirkt im *Herrgottschnitzer* eine junge Sängerin mit, Katinka Engel, »ein zierlich modelliertes, bewegliches Figürchen«, wie Chiavacci befindet. In der Brandkatastrophe des Ringtheaters, 1881, sucht Ganghofer im Inferno die Schauspielerin Katinka Engel – und findet in ihr seine spätere Frau; eine Ausnahmesituation, die Ganghofer in seinen Texten häufig als Szenario für seine Liebespaare wählt. Die Leser dankten es ihrem Autor, wenn zumindest in einem Roman es das Leben gut meint mit den Menschen.

Gerd Holzheimer

Editorische Notiz

Der vorliegenden Ausgabe des *Herrgottschnitzer von Ammergau* liegt die Erstausgabe der gesammelten Werke Ludwig Ganghofers zugrunde. Diese zehnbändige Ausgabe, die 1906 erschien, wurde von Ganghofer selbst in Auftrag gegeben, und so sind Abweichungen von der Erstausgabe (Bonz, 1890) nicht zu befürchten.

Gerade bei den Werken Ludwig Ganghofers ist sorgfältige Auswahl der Textgrundlage bedeutsam, da Lektoren und Verleger immer wieder eigenmächtige Veränderungen, angebliche Verbesserungen, am Originaltext vorgenommen haben. Es lassen sich daher unzählige verschiedene Fassungen finden, die in Wortwahl, Formulierungen und vor allem Dialektausprägungen voneinander abweichen. In dieser Neuausgabe ist jedoch der originale Ganghofer erhalten geblieben.

Bettina Peter